30초의 심리학

30초의 심리학

초판 1쇄 찍은 날 § 2004년 10월 8일
초판 4쇄 펴낸 날 § 2007년 4월 1일

지은이 § 아사노 하치로우
옮긴이 § 계일
펴낸이 § 서경석

편집장 § 문혜영
편집 및 디자인 § 김희정 · 유경화
마케팅 § 정필 · 강양원 · 이선구 · 김규진 · 홍현경

펴낸곳 § 도서출판 청어람
등록번호 § 제1081-1-89호
등록일자 § 1999. 5. 31
어람번호 § 제3-0036호

주소 § 경기도 부천시 원미구 심곡1동 350-1 남성B/D 3F (우) 420-011
전화 § 032-656-4452 팩스 § 032-656-4453
http://www.chungeoram.com
E-mail § eoram99@chollian.net

ISBN 89-5831-273-4 03830

※ 파본은 구입하신 서점에서 교환하여 드립니다.
※ 저자와 협의하여 인지를 붙이지 않습니다.

잘 나가고 싶은 사람은 읽어라!

30초의
심리학

■ **아사노 하치로우** 지음 **계일** 옮김

Psychology
Psychology

Contents 1

Contents 2

6 허물을 벗기 위한 이런 생각들 ······ 217

psychology

1

남자와 여자의 숨겨진 욕망

처음 본 사람인데 와 닿는 느낌이 너무나도 강렬한 사람이 있다. 흔히 하는 말로 '필이 꽂힌 사람', 그래서 잊혀지지 않는 사람, 한눈에 반했다고 하는 것이 바로 그것이다.

이런 인간의 감정을 논하는 데 남녀의 구분이 있을 수 없다. 사랑하는 그, 혹은 그녀를 생각하는 것만으로도 가슴이 두근거린다. 이상할 것 없다. 당연히 그럴 수 있는 것이다. 그렇기에 인간을 감정의 동물이라 하지 않는가. 그러나 그렇게 좋아하는 그 사람이 어느 날 갑자기 싫어지는 경우는 왜일까?

예를 들어보자. 스키장에서 일하고 있는 A라는 청년에게 첫눈에 반해 버린 OL이 있다고 하자. A는 균형 잡힌 몸에 파란색 스키복이 잘 어울리는 청년이었다. 정상의 가파른 곳에서부터 스키를 타고 내려오는 그의 날렵한 모습은 한마디로 환상 그 자체였다. 그녀는 그런 A군에게 한눈에 반해 버렸다.

스키장에서 돌아온 이후에도 틈만 나면 편지나 전화로 상대에게 자신의 마음을 확인시키기 위해 애썼다. 마침내 5월의 연휴를 맞이해 그녀는 기대에 잔뜩 부푼 마음으로 그가 있는 스키장을 찾아갔다. 그러나 그곳에서 그녀가 본 것은 더부룩한 머리에 허름한 작업복 차림으로 경운기를 몰고 있는 그의 모습이었다. 겨울에 그녀가 보았던 그와는 완전히 다른 사람처럼 보였다.

"멋있어!"

자신도 모르게 감탄사를 연발할 정도로 눈에 쏙 들어왔던 멋있는 그의 모습은 어디로 사라져 버리고 허름한 작업 인부가 눈앞에 있는 것일까? 자신이 어떻게 저런 남자에게 반해 버린 것인지 도저히 이해할 수 없었다.

그렇다. 한눈에 반했다는 것은 실제로 그 사람의 인품이나 성격 같은 내면의 모습에 호감을 갖는 것이 아니라 당시의 환경이나 분위기에 반응하는 것이다.

캐나다의 어느 심리학자가 재미있는 실험을 한 바 있다.

주위 경관이 아주 뛰어난 강이 있는 두 개의 다리 위에서 지나가는 여자들을 대상으로 앙케이트 조사를 실시했다. 하나는 견고한 콘크리트 다리였고, 다른 하나는 밧줄을 늘어뜨려 임시로 세워놓은 조교(弔橋)였다.

앙케이트 조사를 수행하는 사람은 청년이었다. 실험은 청년이 다리를 지나는 여자에게 접근해 앙케이트 조사를 한 뒤 전화번호를 알려주며 조사 결과가 궁금하면 나중에 자신에게 전화해 달라고 당부하는 것으로 여자들로부터 전화가 걸려올 확률을 알기 위한 것이었다.

이 앙케이트의 데이터를 정리한 캐나다의 심리학자는 이 결과로부터 아주 재미있는 발견을 하게 되었는데, 그것은 앙케이트 결과를 묻는 전화를 한 여자들의 수가 다리에 따라 차이가 난다는 것이었다. 즉, 콘크리트 다리에서 만났던 여자보다 조교에서 만났던 여자가 전화를 걸 확률이 더 높다는 것이다. 자, 그렇다면 이 실험의 결과가 의미하는 것은 무엇일까?

경직된 분위기의 콘크리트 다리 위에서는 남녀가 만나도 별 감흥이 없다. 상대가 한눈에 반할 확률은 지극히 낮다. 그러나 조교는 분위기가 다르다. 흔들거리는 다리라는 특수한 환경에서는 두 사람의 친밀감이 높아진다. 즉, 상대에게 호감을 느낄 수 있는 확률이 높다는 것이다.

　　다시 말하자면 흔들거리는 다리를 건너는 것만으로도 가슴이 두근
거린다. 그런 공포의 체험을 남녀가 공유하면 성적 흥분이 높아져서
자연히 상대에게 호감을 갖게 된다는 것이다. 영화나 TV에서 연인이
만나는 장면을 촬영할 때 분위기있는 특수한 장소를 선택하는 것은
인간의 이런 심리와 무관하지 않다.

　　이성에게 호감을 갖는다는 것은 이론적으로 딱 잘라 말할 수 없는
것으로 지극히 감성적인 행위다. 그렇기에 본인들이 의식하지 못하는
가운데 주변 환경에 좌우되기 쉽다.

　　인간의 마음과 몸의 상호 관계를 알기 위한 또 다른 실험을 소개해
보겠다.

　　1분 동안 고정 자전거의 페달을 격렬하게 젓게 한 뒤 포르노 사진을
보여주고 그때의 성적 흥분도를 조사하는 실험을 했다. 실험에 의하
면 성적 흥분도가 가장 높았을 때는 격렬한 운동을 하고 난 5분 뒤였
다. 그때는 심박(心拍) 수가 상승한 상태로 운동 영향이 아직 남아 있
는 때이다. 본인은 운동에 의한 흥분을 자각하고 있지 않지만 몸은 흥
분 상태를 벗어나지 못하고 있는 것이다. 다시 말해 운동 직후에 느끼

는 생리적 흥분은 운동에 의한 영향이라고 생각하지만 5분이 지난 뒤에 느끼는 생리적 흥분은 포르노 사진에 의한 것이라는 오해를 하게 되는 것이다.

좋아하는 사람이 있다면 그 사람과 함께 운동을 하며 생리적 흥분도를 높이거나 유원지의 롤러 코스터를 타며 공포를 공유 체험해 보라. 두 사람의 감정의 보울티지(Voltage)를 높이는 데 상당한 효과가 있을 것이다. 공포의 체험이나 운동은 두 사람의 심박 수를 상승시켜 성적 감정을 갖게 하는 좋은 기회를 만들어줄 것이다.

　　인간의 무의식적인 행동 중에는 상식으로 이해할 수 없는 것이 많다. 앞에 있는 상대의 동작이나 행동을 아무런 생각 없이 따라 하는 것도 그중의 하나이다.

　　상대와 마주 앉아 대화에 열중하다가 문득 상대를 의식했을 때 상대도 자기처럼 팔짱을 끼고 있다거나 자신이 손으로 턱을 괴면 상대도 무심코 같은 동작을 취하는 경우를 종종 볼 수 있다. 이런 경험은 누구에게나 있을 것이다.

　　이런 인간의 습성을 대인 관계에 활용해 상대를 자신의 페이스로 끌어들이려고 의도적으로 사용하는 테크닉을 '미러링'이라고 한다. 말 그대로 거울에 비치는 모습처럼 상대의 마음을 이쪽의 의도대로 움직이게 하는 방법이다.

　　예를 들어 좋아하는 남자에게 안기고 싶다거나 키스하고 싶은 욕망이 있다면 이 미러링을 응용해 목적을 이룰 수 있다. 그에게 열정적으로 안기고 싶다면 두 팔로 자신의 몸을 끌어안는 포즈를 취해보라. 또 그와 키스하고 싶을 땐 아무렇지 않게 혀를 '칫' 하고 내밀어 자신의 입술을 천천히 핥아보라. 눈앞에 있는 여자의 이런 포즈에 반응을 보

이지 않을 남자가 어디 있겠는가? 아무리 둔감한 남자라도 나름대로 무엇인가를 시도하기 위한 행동을 보일 것이다.

그렇다. 당신이 남자라면 데이트 중인 그녀가 이런 포즈를 취할 때 앞뒤 재볼 것도 없다. 그냥 무조건 찬스라고 생각하라. 그녀의 무의식 속에 잠재되어 있는 욕망이 당신에게 달콤한 말을 건네고 있는 것이다. 안기고 싶다고, 키스하고 싶다고……

대인 관계에 있어서 대다수는 상대에게 자신의 속마음을 감추려 한다. 자신의 내면과는 다른 외형적인 면만을 강조하고 싶어하는 욕구가 있기 때문이다. 일종의 허세라고 할 수도 있다. 이런 허세를 없애려면 자신과 상대가 일체화(一體化)되고 있다고 생각하는 것이 가장 좋은 방법이다.

자신의 몸과 상대의 몸이 하나가 된 것처럼 느끼는 미러링은 허세를 제거하는 최적의 방법이라고 할 수 있다.

여성들 중에는 지나친 경계심이나 강한 방어 본능으로 인해 좀처럼 남성과 친해지지 못하는 사람도 있다. 여자를 사로잡는 데 능숙한 플레이보이는 여자들의 심리를 잘 파악해 우선 경계심부터 풀어 나간다고 한다.

남녀 관계에서는 무엇보다도 상대를 자신의 페이스로 끌고 가는 테크닉이 포인트다. 누드 사진 전문가로 둘째가라면 서러워할 어느 사진 작가는 여자 모델의 누드를 촬영할 때마다 말로써 모델의 열정을 고조시키며 분위기를 이끌어 나간다고 한다.

"나이스!"

"역시 최고야!"

이렇게 모델을 칭찬하는 말을 연발하며 자신의 입술을 핥거나 자신의 몸을 끌어안는 포즈를 취함으로써 모델을 들뜨게 해 은연중에 그런 분위기를 유도하는 것이다. 여성 특유의 수치심이나 경계심을 제거하면서도 대담한 포즈를 끌어내기 위한 고도의 테크닉으로 이것은 두말할 것도 없는 완벽한 미러링의 응용이다. 상대를 자신의 페이스로 끌어들이고 싶다면 미러링을 꼭 기억해 두자.

남자의 본심은 술을 마실 때 잘 드러난다고 한다. 룸살롱이나 여자 종업원이 있는 술집에 갔을 때 어떤 스타일의 여자에게 관심을 보이는지, 어떤 이야기를 주로 하는지를 잘 관찰해 보면 그 사람의 인간성을 쉽게 파악할 수 있다.

남자들이 신기할 정도로 좋아하는 여자의 타입은 이미 정해져 있다. 생활이나 사회적인 지위가 아무리 변해도 좋아하는 여자의 스타일은 변하지 않는다. 언제 어디서라도 한눈에 반하는 여자의 스타일은 늘 비슷하다. 또 남자가 어떤 특정한 여자를 보았을 때 그 시선을 유심히 살펴보면 어느 정도로 그 사람에게 관심을 갖고 있는지를 알 수 있다.

예를 들어보자.

7~8명의 남녀가 섞여 있는 하나의 그룹이 있다고 할 때 그 안에서 남자는 한 번이라도 육체 관계를 가진 여자를 대할 때는 시선이 대담해진다.

구체적으로 말하자면 그녀의 다리나 허리에 시선이 간다는 것이다. 또한 상대도 그런 그의 시선의 의미를 재빨리 알아차린다. 그리고 마

음이 사로잡힌 듯한 몽롱한 눈길을 보낸다. 다분히 섹스를 의식한 시
선이다.

남자가 여자를 볼 때 육체 관계가 있었던 사람과 그렇지 않은 사람
에 대한 시선의 강도와 눈빛이 다르다는 것이다.

어떤 타입의 여자를 좋아하느냐에 따라 남자의 드러나지 않은 성격
이나 섹스의 취향 등을 알 수 있다. 술집에 갔을 때 상대의 모습을 주
의 깊게 살펴보면 미처 알지 못했던 그 사람의 내면을 볼 수 있다.

통통한 타입의 여자를 좋아하는 남자

자신은 의식하지 못하지만 본인의 얼굴이나 몸에 콤플렉스를 가지
고 있다. 또 여자에 대한 콤플렉스도 있어 미인이나 글래머를 가까이
하지 않으려는 경향이 있다. 단, 섹스에 대한 호기심은 매우 강하다.
여자에게 대우받으며 서비스받는 것을 큰 기쁨으로 여기며 어떤 상황
에서든 안전 제일로 여자를 고르는 경향이 있다. 이런 성향은 주로 자
수성가한 사람들에게서 많이 볼 수 있다.

집안이나 학벌이 좋은 여자를 좋아하는 남자

자신의 집안이나 학력에 자신이 있는 사람, 혹은 반대로 자신의 집안이나 학력에 콤플렉스가 있는 사람이 선호한다. 제복이나 여고생의 교복에 무한한 동경심을 가지고 있다. 학생 시절에 여학생과 인연이 없었던 기억에 대한 반동(反動)이라고 생각할 수 있다. 생활도 일류를 지향하고 허영심도 많다.

수다스럽고 화려한 차림의 여자를 좋아하는 남자

상대가 말이 없더라도 혼자 신나게 떠들어대는 여자는 남을 잘 도와주고 배려할 줄 안다. 이런 여자를 좋아하는 남자는 업무나 금전 관계에 있어서 자신이 할 일을 남에게 맡기려는 경향이 짙다. 이른바 '마이 페이스' 형으로 동업이나 공동 프로젝트 등에는 적합하지 않은 타입이다. 그러나 의외로 일류 기업의 톱 클래스 비지니스맨들 중에서 이런 타입을 많이 볼 수 있다.

점잖고 말이 없는 고전적인 여자를 좋아하는 남자

지배욕이 강한 사람이다. 남자다운 화끈한 성격으로 무슨 일을 하더라도 남에게 명령받거나 간섭받는 것을 싫어하는 타입이다. 업무에 관해서는 비밀주의로 사생활과 일을 확실히 구분하는 사람이다.

소녀 티가 채 가시지 않은 청순 가련형의 여자를 좋아하는 남자

노화의 발로이다. 성적으로 부진함을 느끼는 남자들이 좋아하는 여자의 전형적인 스타일이다. 스태미나에 자신을 잃었거나 젊은 시절을 그리워하는 경향이 짙은 사람이다.

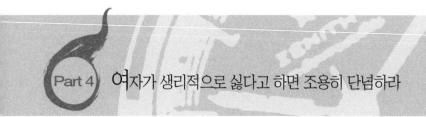

좋아할 때와 싫어할 때의 심리 상태는 완전히 반대인 것처럼 생각되지만 실은 유사한 작용으로 '속과 겉'의 관계다. 특히 남녀 간의 사랑에 관한 심리는 더 미묘한 사항이다. 언제 어떻게 변할지 모르기 때문이다.

죽도록 사랑했던 사람이지만 어떤 이유로 갑자기 싫어지는 수도 있고, 전혀 마음에 두지 않았던 사람에게 어느 날 갑자기 호의를 갖게 되는 경우도 있지 않은가?

연애 경험이 많지 않을 때는 상대가 자신을 싫어하면 그것으로 두 사람의 관계가 끝난 것이라고 생각하는데 그것은 대단한 실수다. 남녀 사이에서 정말로 끝이 날 때는 상대가 냉정한 태도를 보일 때이다. 상대가 질투를 한다거나 당신의 불성실한 태도를 따지며 헤어지자고 한다면 그것은 아직도 괜찮은 상태다. 다시 말해 '좋다'에 대국(對局)하는 것은 '싫다'가 아니라 '무관심'인 것이다.

속담 중에 '사랑이 지나쳐 미움이 백배'라는 말이 있다. 사랑이 미움으로 변하면 다른 경우보다도 증오심이 백배나 더하다는 뜻이니, 남녀 간 감정의 미묘함은 시대를 초월하는 것으로 예나 지금이나 다를 바가 없었나 보다.

자, 지금부터 '싫다'는 심리에 대해 집중적으로 말해 보겠다.

왜 특정한 사람을 싫어하게 되는 것일까? 그 이유를 잘 생각해 보면 크게 두 종류로 나눌 수 있다.

하나는 어느 특정한 인물에 대해 모든 사람이 공통적으로 거부 반응을 느끼는 경우다. 모든 사람이 그 사람을 싫어할 만한 이유가 확실하게 있다는 것이다. 대개 청결하지 못하다거나, 악취를 풍긴다거나 하는 외견상의 문제로 인한 혐오감인 경우가 많다. 그것은 당연한 것이다. 지저분한 데다 악취까지 풍기는 사람을 좋아할 사람이 어디 있겠는가?

그러나 문제는 어떤 특별한 이유가 없는데도 불구하고 상대가 괜히 싫다는 것이다. 생리적으로 싫다는 것이 바로 이런 경우다. 이 생리적 혐오감은 앞의 예에서 말한 것처럼 모든 사람이 공통적으로 거부 반응을 일으키는 것이 아니라 어느 특정한 사람에게만 해당되는 것이다.

당신이 싫어하는 이성 상대가 있다고 가정해 보자. 상대는 특별히 불결한 사람도 아니고 인격적으로 문제가 있는 사람도 아니다. 그런데 왜 이성으로 받아들이지 못하는 것일까? 문제는 당신의 과거에 있다.

혼자만이 느끼는 이성에 대한 혐오감은 그 사람의 과거 체험에 근거를 두고 있는 것이 대부분이다. 예를 들면 여성의 경우 소녀 시절에 어느 소년에게 놀림을 당했다던가 성적인 수치를 겪어 마음의 상처를 입은 경험이 있다면 이후에도 그 소년과 닮은 남자에 대해서는 생리적인 혐오감을 갖게 된다.

또 자기 자신이 싫어하는 자신의 단점을 상대도 가지고 있는 경우, 그 자체만으로도 상대에게 혐오감을 갖게 된다. 예를 들어 평소에 자신의 우유부단한 성격을 싫어하는 여자는 자신에게 접근하는 남자가 자신처럼 우유부단한 성격의 소유자일 때 그것 하나만으로도 불쾌감을 느끼고 그 남자를 생리적으로 멀리하려고 한다. 바꿔 말하자면 감추고 싶은 자신의 단점을 상대가 눈앞에 들이대는 것에 대한 혐오감을 느끼게 되는 것이다. 이런 심리를 투영(投影)이라고 한다.

그런 경우 아무리 열정적으로 두드려도 문은 열리지 않는다. 상대는 절대로 당신을 받아들이지 않을 테니 말이다.

여자를 남자와 비교해서 말할 때 내면의 감정이 스트레이트로 표정이나 태도에 드러난다고 한다. 말로는 표현하지 않는 그녀의 내면 세계엔 무엇이 잠재되어 있을까? 섹스의 관심도는? 섹스의 경험은?

이런 것들을 알고 싶다면 그녀의 행동이나 태도를 눈여겨보라. 그녀의 아무렇지 않은 동작 하나가 섹스의 욕구를 표현하는 제스처일 수도 있기 때문이다.

이런 인간의 독특한 제스처의 의미에 처음으로 주목한 사람이 『진화론』으로 유명한 찰스 다윈이다.

그는 인간이 감정을 나타내는 방법을 연구하기 위해 인간과 동물의 표정을 관찰했다. 이런 그의 연구 이후 정신과 의사나 심리학자들은 인간의 행동과 내면의 움직임의 상호 관계에 관해 관심을 보이기 시작했고, 그 성과로 미국에서 '보디랭귀지(육체 언어)' 라는 이름표를 단 연구 결과가 발표되었다.

영국의 심리학자 아이젠은 저서 『성(性)과 퍼스낼리티』에서 그 사람의 성격과 행동 패턴을 보면 섹스의 관심도를 알 수 있다고 그 구체적

인 행동에 대해 설명했다.

이처럼 마음 깊은 곳에서 생겨난 성에 대한 감정은 무의식적으로 동작에 나타나게 되는 것이다. 자, 그렇다면 당신의 여자 친구, 혹은 애인의 섹스에 대한 감정이나 관심도는 어느 정도일까? 지금부터 그녀의 앉는 자세로 성격과 성에 대한 관심도를 살펴보기로 하자.

무릎 위에 왼발을 올려놓는다

섹스뿐만 아니라 어떤 일이든 자기 본위로 생각하는 적극적인 여성이다. 특히 밤의 무드를 좋아하기 때문에 데이트할 때는 호텔 라운지나 고급 레스토랑 등을 선택하는 것이 좋다. 만나자마자 바로 육체 관계로 진행되는 경우도 드물지 않다. 왼발을 무릎 위에 둘 때의 심리 상태는 모험적인 연애나 불장난을 원하는 경우가 많기 때문이다.

무릎 위에 오른발을 올려놓는다

왼발을 올려놓는 여성과는 정반대의 타입이다. 대단히 이성(理性)적으로 자신이 직접 남성을 유혹하는 일은 거의 없으며 불장난으로 섹스를 즐기는 것을 싫어한다. 야한 스타일의 남자, 플레이보이, 남자답지 않은 남자를 싫어한다. 상대가 원하지 않을 때에는 아무리 유혹해도 성공하기 어렵다.

다리를 크게 벌리고 앉는다

섹스를 전혀 의식하지 않는 어린아이에게서 흔히 볼 수 있는 자세로, 싫고 좋음의 구분이 확실한 여성이다. 남녀 관계에 있어서도 자신이 주도권을 쥐려는 의식이 강하다. 연하의 남성에게 호감을 갖는 경우가 많고, 자신이 좋아하는 남자에게는 쉽게 몸과 마음이 반응한다.

무릎을 딱 붙이고 앉는다

자신의 감정에 언제라도 브레이크를 걸 수 있는 여성이다. 마음을 터놓고 지내려면 꽤 많은 시간이 걸린다. 마음에 드는 남성이 있어도 좀처럼 속내를 드러내지 않는다. 같은 취미를 갖고 함께하는 시간을 많이 갖거나 상담 상대로서 신뢰를 얻지 못하면 좀처럼 본심을 드러내지 않는다. 성의있는 태도로 접근하는 것이 중요하다.

양 발을 오른쪽이나 왼쪽으로 기울인다

자신의 발의 아름다움을 강조한 자세이다. 자존심이 강해서 자신이 상처를 입을 수 있는 위험한 교제는 절대 사절이다. 센스의 뛰어남을 칭찬해 주고 숙녀로서 정중하게 대접하는 지혜가 필수다. 액세서리나 몸에 지닐 수 있는 소품 등을 선물하면 한층 효과가 크다.

다리를 십(十)자로 교차시킨다

스포츠나 레저 활동을 같이 하거나 여럿이 함께 어울리면서 친해지는 타입이다. 그러나 마음이 맞으면 의외로 반응이 빠르다. 이런 타입의 여성이 남자처럼 장난이 심할 때는 누군가로부터 데이트 신청을 기다리고 있다는 표현이다. 단, 섹스에는 거부 반응을 보이니 성급한 행동은 금물이다.

발목만 교차시킨다

소녀 취향이 강한 여성으로 자신의 아버지나 오빠와 같은 분위기의 남성에게 약하다. 플라토닉한 연애를 동경하는 타입으로 급하게 섹스 분위기를 연출하려 한다면 심한 반발을 사게 된다. 남성에 대한 경계심이 강한 타입이기에 분위기를 연출하며 대화로 마음을 열어가는 것이 포인트다.

사람의 마음은 대단히 복잡한 것이다. 특히 남녀 관계는 상반된 감정이 섞여 있어 더욱더 복잡하다. 그 전형적인 심리가 '사랑이 지나쳐 미움이 백배'라고 하는 감정으로 사랑이 미움으로 변하면 증오심이 백배나 더 커진다는 것이다. 실제로 애인에게 배신당한 사람이 끓어오르는 분노를 자제하지 못해 변심한 상대를 살해했다는 끔찍한 사건이 매스컴에 심심찮게 등장하곤 한다.

인간은 상대가 좋아지면 좋아질수록 감정도 한층 더 업그레이드되어 감정적으로 수습이 되지 않는다. 그런 때에 상대와 대립하게 되면 그 수습되지 않은 감정이 순간적으로 미움으로 변하고 거기에 따른 증오심도 증폭된다. 이것을 심리학에서는 앰비밸런스(Ambivalence)라고 하는데 인간은 상반된 감정을 동시에 지니고 있다고 정의할 수 있다.

정신 분석으로 유명한 프로이트는 이 상반된 감정은 어느 한쪽이 무의식 상태에 있다가 어느 상황에서 양쪽의 감정이 동시에 나타난다고 서술하고 있다.

또 이런 실험의 예가 있다.

어쩔 수 없이 어느 특정한 사람의 험담을 하게 된 상황에 놓인 사람은 그 상대를 어떻게 평가할까, 하는 실험이다.

그 결과는 놀랍게도 '그 사람은 나한테 험담을 들어 마땅하다'고 생각하는 경향이 대부분이라는 것이다. 이것은 무의식 중에 자신을 정당화하려는 심리로 '이 사람은 나쁜 사람이다. 그렇기에 나는 이 사람을 싫어한다'고 상대의 험담을 하는 자신의 행위를 정당화하면서 마음의 밸런스를 유지하려는 의미로 해석할 수 있다.

이 실험과 같은 것이 '사랑이 지나치면 미움이 백배'라는 심리라고 할 수 있다. 다시 말하자면 자신의 애정이 상대에게 받아들여지지 않을 경우 '사랑'이라 불리는 자신의 감정을 급격히 감소시키는 일이 필요하다는 것이다.

그것은 자신을 싫어하는 상대를 미워하고 증오함으로써 자신의 마음의 평정을 찾으려고 하는 자기 방어의 본능이라고 할 수 있다.

불가사의한 일이지만 미워하면 미워할수록 더 빨리 마음의 평정을 찾을 수 있다는 것이다.

사랑이 깨졌을 때 그 불행의 원인을 자신에게서만 찾는 사람은 내향적 인간으로 스트레스를 받기 쉬운 타입이다. 왜냐하면 상대를 '사랑하고 있다'는 것을 청산하기가 어렵기 때문이다. 그러나 불운의 원인을 상대에게 돌리고 '사랑이 지나쳐 미움이 백배'의 심리 상태에 놓이는 사람은 빠르게 평정을 찾을 수 있다.

혹시라도 지금까지 깊이 사귀어온 그녀와 뒤탈없이 헤어지고 싶은 마음이 있는가? 그렇다면 지금의 이런 심리를 역이용하면 가능할 것이다. 즉, 자신을 싫어하게끔 그녀를 대하면 그녀는 '사랑이 지나쳐 미움이 백배'의 기분에 젖어들게 될 테니까 말이다.

길을 가다가 이상형의 여자와 마주치게 되었다. 두근거리는 가슴을 진정시키고 용기를 내서 말을 걸어보았다. 아, 그녀의 냉담한 반응! 멋쩍게 돌아서는 그때의 참담한 기분은 경험해 보지 않은 사람은 모르리라.

처음 보는 여성에게 말을 걸어 성공할 수 있는 확률은 어느 정도나 될까?

확률을 높일 수 있는 방법은 의외로 간단하다. 당신이 말을 걸어주기를 기다리는 사람인지 아닌지, 먼저 상대의 본심을 파악한 뒤 공략하는 것이다. 그렇다. 이보다 더 확률을 높일 수 있는 좋은 방법은 없다. 그런데 문제는 어떻게 상대의 본심을 파악할 수 있느냐 하는 것이다. 확실한 공략 포인트가 있다. 즉, 상대의 기분이 생리적으로 고조되어 있을 때나 섹스의 욕구가 강할 때를 노려서 공격하는 것이다.

그녀가, 또는 목표로 삼은 대상이 어떤 행동을 하는가를 관찰하는 것으로 그녀들의 숨겨진 본심을 알 수 있다.

종종 머리를 만진다

머리에 살짝 손을 대는 것과 쥐어 뜯듯이 거칠게 만지는 것과는 그 의미가 전혀 다르다. 살짝 손을 대는 경우는 욕구 불만 상태이므로 자신에게 관심을 가져 달라는 뜻으로 해석할 수 있다. 또 남자가 온화한 목소리로 말을 걸어주기를 바라고 있다. 그러나 손으로 머리를 거칠게 쓸어 넘기는 때는 무엇인가를 후회하고 있는 때이므로 어설프게 말을 걸면 신경질적인 반응만 보인다.

꼬고 앉은 다리의 위치를 자주 바꿀 때

초조하거나 불안할 때, 혹은 외로움을 느낄 때다. 젊은 여성이라면 대부분의 경우 욕구 불만 상태나 성적 흥분 상태에 있을 때다. 만일 함께 술을 마시고 있는 상대가 이런 행동을 보인다면 찬스가 온 것이다. 만일 엉덩이까지 들먹거린다면 상당히 강한 욕구 불만 상태로 더 이상은 기다릴 수 없다는 신호이다.

스커트 자락에 신경 쓴다

이 동작의 첫 번째 의미는 자기 방어로 자신의 몸을 지키려는 무의식적인 행위다. 다음으로 의미하는 것은 자신의 흐트러진 자세를 상상하는 것이다. 섹스의 경험이 풍부한 여자에게서 흔히 볼 수 있는 동작이다. 또 생리 중에 이런 동작을 취하는 경우도 많다.

상대를 뚫어지게 보며 이야기를 듣는다

두 종류의 해석이 있을 수 있다. 이야기는 제대로 듣지 않으면서 상대를 뚫어지게 쳐다보는 것은 존경심을 갖고 있을 때나 나쁜 감정을 가지고 있을 때다. 반대로 이야기를 들으며 상대를 보는 것은 애정을 느끼고 있을 때다. 특히 상대와 눈이 마주쳤을 때 눈길을 돌리지 않는 경우는 상대에게 강한 사랑을 느끼고 있을 때다.

볼을 만지는 행위

볼이나 귀 등 자신의 얼굴 일부에 손을 대는 것은 자신의 감정을 상

대에게 들키지 않기 위한 위장이다. 남녀 사이에 좋은 감정이 싹트기 시작할 때 흔히 볼 수 있다. 또 귀를 잡아당기는 동작을 반복한다면 누군가의 따뜻한 시선을 받고 싶다는 무의식적인 표현이다.

턱을 괴고 상대의 이야기를 듣는다

자신의 기분이나 감정을 상대에게 알리고 싶어하는 행동이다. 만일 당신 앞에서 그녀가 이런 포즈를 취한다면 당신의 둔감함에 무언으로 항의하고 있는 것이다.

세상의 남녀 관계에는 여러 종류가 있다. 친구, 연인, 부부……

당연한 이야기지만 결혼을 앞둔 남녀일수록 상대에 대해 좀 더 많이 알고 싶어한다.

자신의 깊은 이야기를 상대에게 좀 더 자세하게 하고 싶은 욕망을 자기 개시(開示)라고 한다.

좋아하는 여자 앞에서 늘 농담밖에 하지 않는 남자라면 그 인간성을 의심할 필요가 있다. 서로 좋아서 만나는 사이라면 어느 시기에 자신을 속속들이 밝힐 필요가 있는 것이다. 말하자면 그것은 하나의 자기 증명이라 할 수 있다.

남성이 자기 개시에 서툰 반면 여성은 허세로 자신을 미화하는 경우가 많다.

특히 연애 중인 커플은 상대를 자신의 이상형이라 생각하고 스스로 이상화시키려는 경향이 있다. 그렇기에 그런 이상형에게 잘 보이기

위해서라도 자신의 이야기를 할 때는 거두절미하고 좋은 면만을 강조하려 한다. 그러나 사실 그것이 함정인 것이다.

연애 커플들 중 결혼으로 이어지지 않는 원인의 제1위는 '상대에 대한 불신'이다. 두 사람의 사이가 깊어짐에 따라 예전에 미처 깨닫지 못했던 것들을 하나하나 알게 되고 이전에 상대가 말했던 것들이 사실과 거리가 있다는 것을 점점 깨닫게 되면서 서로가 가졌던 환상에서 깨어나게 된다. 결국 상대가 말한 것이 다 거짓이었다는 이유로 결혼 약속을 파기해 버린다.

인간인 이상 누구에게나 결점이 있게 마련이다. 연애 중일 때는 감정이 앞선 나머지 상대의 마마 자국도 보조개로 보일 정도로 상대의 본질에 무딘 경우가 허다하다. 그러나 자신을 미화할 목적으로 자기 개시를 하면 나중에 그 대가를 톡톡히 치르게 된다. 그런 이유로 실패한 케이스가 주위에는 너무도 많다.

연애에서 결혼으로 진행되는 과정에서도 남녀는 서로에게 자신을 잘 보이려 한다. 특히 여성의 경우엔 상대 남성뿐만 아니라 그의 주위 사람들에게까지도 잘 보이려고 신경 쓰는 일이 많다. 그 이유는 연애

뿐만 아니라 결혼 생활에서도 자기중심이 아닌 수동적인 입장에서 남성에게 좌우되는 경우가 많기 때문이다.

맞선 사진의 예를 들더라도 그것은 본인을 위한 것이라기보다는 상대 남성에게 선택되어진다는 요소가 더 강하게 작용하지 않는가? 결혼의 의사 결정도 남성 쪽에 의해 좌우되는 경우가 많은 일본 사회에서 여성은 자신의 장래를 위해 자신을 미화해야 할 필요가 있다는 것도 부인할 수 없는 현실이다. 그러나 필요 이상으로 자신을 미화하는 바람에 오히려 불행해지는 상황을 만들어 버리는 실수는 범하지 말아야 한다.

요즘 들어 부쩍 젊은 여성들에게 인기를 끌고 있는 점(占)의 경우만 보더라도 그 대부분이 언제쯤 이상형의 상대를 만날 수 있는지의 여부를 묻는 데 관심이 집중되어 있다고 한다.

자기 개시를 어떻게 하느냐에 따라 행복을 잡게 될지 불행을 잡게 될지 결정이 된다 해도 과언이 아니다. 조금 과장해서 말하자면 자기 개시는 자신의 생명선이라 할 수도 있을 것이다.

2

평범한 동작으로 상대의 본심을 읽을 수 있다

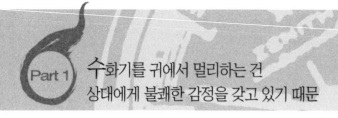

통화 중인 사람의 표정이나 제스처를 유심히 살펴본 적이 있는가? 실로 여러 동작을 취하고 있는 것을 알 수 있다.

『사람의 마음을 읽는 기술』의 저자 니렌버그는 전화로 이야기할 때의 인간의 표정을 자세하게 분석하고 있다. 또 미국의 심리학자 어니스트도 상대가 보이지 않는 상태에서 어떤 태도나 동작을 취하느냐에 따라 그 사람의 대인 관계의 기본 태도를 알 수 있다고 했다.

통화 중의 동작에 의해 그 사람의 개성이나 잠재 욕구를 어떻게 판단할 수 있단 말인가? 구체적인 사례를 들어보겠다.

상대의 이야기에 진지하게 귀를 기울일 때

일반적으로 상대의 이야기에 진지하게 귀를 기울일 때는 다음과 같은 동작이 많아진다.

⑴ 수화기를 꼭 잡고 상반신을 앞으로 구부린 자세다.

⑵ 표정이 풍부하다. 마치 상대가 앞에 있는 것처럼 머리를 숙이기

도 하고 미소를 머금기도 하며 동작도 크고 표정도 다양하다.

(3) 수화기를 귀에 꼭 대고 있다.

(4) 의자에 앉아서 이야기한다.

특히 상대가 이성인 경우엔 상대가 보이지 않음에도 넥타이를 고쳐 매거나 머리를 쓰다듬는 등 매무새에 신경을 쓴다. 여성이 거울을 보며 마치 화장을 하는 듯한 얼굴 표정으로 통화를 한다면 애인이나 호감을 갖고 있는 남성과 이야기하는 경우가 틀림없다. 상대로부터 사랑받고 있다는 기쁨이 자신이 의식하지 못하는 가운데 표정으로 나타나는 것이다.

상대의 이야기를 적당히 흘려듣고 있을 때

호의를 갖고 있지 않은 상대나 반발심을 갖고 있는 상대와 이야기하고 있을 때는 자연히 통화 중의 동작도 다르게 나타난다.

(1) 통화를 하면서 낙서를 한다.

(2) 서서 이야기한다(책상 근처에서 이야기할 때).

주위에 책상이나 의자가 있는데도 서서 이야기하고 있는 것은 서두르고 있거나 대화에 의욕이 없을 때다. 호의를 갖고 있는 상대라면 의자에 앉아서 차분하게 이야기한다.

(3) 수화기를 귀에서 멀리한다.

상대의 화제에 관심이 없거나 상대를 뚜렷한 이유없이 싫어하는 경우다.

통화 중에 심리적 변화를 일으킬 때

통화 중 의외의 일이나 자신의 생각과 상반되는 이야기를 들을 때 불쾌한 말이나 충격적인 말을 듣게 되면 행동에 변화가 생긴다.

(1) 하던 동작을 갑자기 멈춘다.

통화 중에 무심코 하던 행동(낙서나 가볍게 의자를 흔드는 동작 등)을 갑자기 멈추고 통화에 신경 쓸 때는 중요한 문제가 발생했다는 것을 의미한다.

(2) 서 있다가 앉는다.

상대의 이야기에 주의를 기울이거나 이야기가 길어질 것 같으면 자세를 바꿔 의자에 앉는다. 또 목소리의 크기에도 변화가 생긴다.

(3) 서랍을 열었다 닫았다 한다.

이런 동작을 할 때는 다른 생각을 하거나 상대의 물음에 대답하기 곤란한 경우다.

(4) 주위를 둘러보며 소곤소곤 이야기한다.

주위의 사람들에게 알리고 싶지 않은 상대나 알리고 싶지 않은 이야기를 할 때 흔히 볼 수 있는 동작이다. 극도로 경계심이 많은 사람은 뒤로 돌아서서 수화기를 감추려는 듯 감싸 쥐고 이야기한다.

Part 2

상대가 시선을 좌우로 피하는 것은 당신을 거부한다는 증거

'눈으로 말한다' 는 말이 있다. 어느 경우에 상대가 입으로는 그럴듯하게 이야기하는 것 같은데 눈을 보면 열의가 없고, 자신을 등한시하고 있는 것 같은 느낌을 받을 때가 있다. 실제로 이야기를 하고 있는 사람의 눈의 표정이나 눈빛을 주의 깊게 보면 재미있는 발견을 할 수가 있다. 호의, 악의, 무관심 등 상대의 여러 감정을 눈의 움직임만으로도 파악할 수 있는 것이다. 물론 인생 경험이 풍부한 사람이라면 좀 더 예민하게 상대를 파악할 수 있다.

예전에 지장(智將)으로 유명했던 어느 프로야구 감독은 선수의 시선과 눈의 표정을 보는 것만으로도 선수의 의욕과 자신에 대한 감정을 파악할 수 있었다고 한다. 예를 들면 시합 중에 핀치히터의 기용을 결정해야 할 때면 벤치에 있는 선수들의 눈을 보고 결정했다는 것이다.

선수들의 눈을 보았을 때 감독의 시선을 부담스러워하는 듯한 선수는 절대 기용하지 않았다고 한다. 반면 감독과 눈이 마주쳤을 때 감독의 눈을 뚫어질 정도로 쏘아보는 선수를 기용했다고 한다. 눈에 힘이 들어가 있다는 것은 그만큼 자신이 있다는 증거라고 판단했던 것이다.

정말 눈의 표정과 시선의 방향만으로 상대의 심리를 읽을 수 있을까? 결론부터 말하자면 그렇다. 그 구체적인 사례를 들어보겠다.

시선이 아래로 향하는 것은 심약하기 때문

일반적으로 상대의 시선이 약간 아래로 향한다거나 이쪽이 쳐다볼 때 자꾸 시선을 피하는 것은 상대가 심약해 있다는 증거다. 또 이쪽이 나이나 사회적 위치가 위인 경우가 많다. 당연히 상대는 자신이 약한 입장이라는 것을 알고 있기에 이쪽과의 대화에 긴장을 하고 있다. 이런 경우 상대는 눈뿐만이 아니라 몸 전체가 굳어 있고 행동도 부자연스럽다. 면접장에서 흔히 볼 수 있는 광경이다. 이런 사람은 성격적으로 온화하고 내성적인 경향이 있다.

시선을 좌우로 피하는 것은 당신을 거부하고 있는 경우다

시선을 고정시키지 못하고 좌우로 피하는 것은 상대에 대한 부정적인 기분을 표현한다. 당신에게 호의를 가지고 있지 않다는 거부 반응이라고 생각해도 좋다. 예를 들어 남자가 여자에게 말을 걸었을 때 아래를 보는 것은 부끄러워하는 동작이지만 시선을 좌우로 움직일 때는 싫다는 기분을 표현하는 것이다.

상대를 쏘아볼 때는 적대심이 있기 때문

점 하나를 응시하는 것처럼 눈 한 번 깜빡하지 않고 상대를 뚫어지게 보는 시선은 부담스러운 정도가 아니라 심각한 의미를 내포하고 있다. 마음에 큰 상처를 입은 경우에도 이런 표정을 짓는다. 앞에 있는 상대를 직시하는 이런 강한 시선은 적대심을 품고 있기 때문이다.

초점이 없는 시선은 불안감을 나타낸다

쇼크를 받고 망연자실한 상태일 때 눈은 초점을 찾지 못한다. 그 정도는 아니더라도 혼란으로 인해 정신적 안정감을 잃었을 때도 눈의 초점이 일정하지 않다. 앞에 상대가 있어도 전혀 관심없는 듯한 초점 없는 눈길이라면 몹시 불안한 상태다.

시선이 조금 위로 향하는 것은 자신감의 표현

시선이 언제나 위로 향해 있는 사람을 볼 수 있다. 이것은 자신의 지위나 능력에 자신을 가지고 있다는 우월감의 표현이다. 외향적인 성격에 추진력이 강한 타입으로 정치나 기업체의 중역들은 대부분 이런 특징을 갖고 있다. 사람을 리드하거나 위압하는 직업에 종사하는 사람에게서 많이 볼 수 있다.

점심 시간에 거리에 나가보면 사람들이 죽 늘어서 있는 가게를 볼 수 있다. 주간지나 잡지에 소개될 정도로 맛의 평판이 좋은 음식점으로, 점심 시간만 되면 뱀처럼 긴 줄이 생겨난다. 이 행렬을 이루고 있는 사람들을 잘 관찰해 보면 재미있는 점을 발견할 수 있다. 동료와 함께 대화를 나누며 기다리는 사람들에게서는 보기 드문 행동으로, 유독 혼자 서 있는 사람을 보면 세 명 중 한 명은 꼭 다리를 떨고 있다.

본인은 아무 생각 없이 하는 행동이지만 주위의 사람들에겐 지루하고 따분해서 하는 행동으로 보일 것이다. 그런데 만일 당신이 상사와 중요한 미팅을 하면서 그렇게 발을 떠는 행동을 보인다면 그것은 과연 어떤 결과를 불러오게 될까?

예를 들어보자. 애인 사이로 보이는 젊은 남녀가 찻집의 구석 자리에 앉아 있다고 하자. 여자는 열심히 이야기를 하고 있고 남자도 웃으면서 연신 맞장구를 치고 있다. 그런데 그의 발끝을 볼 것 같으면 방정맞게도 연신 떨고 있다. 이것으로 알 수 있는 것은 무엇일까? 그 남자의 본심은 그의 발끝에 나타나 있는 것이다. 다시 말해 그 남자는 상대에 대해 거부의 감정을 가지고 있는 것이다.

　정신 의학의 입장에서 보면 다리를 떠는 것은 '따분하다', '초조하다', '불안하다', 혹은 '상대에게 거부감을 갖고 있다'는 감정을 나타낸다.

　다리를 떠는 것과 같은 작은 동작은 말초 신경에 자극을 주어 중추 신경을 통해 뇌신경에 도달한다. 이것은 정신적인 긴장감을 완화시키는 효과가 있다. 그렇기에 발을 떨면 긴장감이나 따분함을 조금이나마 해소할 수 있다는 논리가 과학적으로 증명된 셈이다.

　발은 상대로부터 가장 눈에 띄지 않는 부분이다. 보이지 않는 발에 인간의 본심과 진의가 들어 있는 것이다. 이 발의 표정을 가장 잘 알 수 있는 자세는 의자에 앉아 있을 때다.

　프랑스의 심리학자 베르쥬는 '의자에 앉을 때의 제스처로 그 사람의 성격과 몸의 컨디션을 알 수 있다'고 했다.

그의 연구 결과를 조금 소개해 보겠다.

전방에 얕게 걸쳐 앉는 사람

의자의 등받이에 기대지 않고 걸치듯이 앉는 것은 조급하거나 앞의 상대에게 신경 쓰고 있을 때다. 그러나 언제나 습관처럼 얕게 걸쳐 앉는 사람은 신경질적이고 내성적인 성격으로 사소한 일에 지나치게 집착하는 경향이 있어 늘 손해를 보는 타입이다.

등받이에 기대어 깊고 묵직하게 앉는 사람

자신감에 넘쳐 만사를 척척 잘 처리하는 사람이다. 이런 자세로 양손 팔짱을 끼는 사람은 완고한 성격이다. 또 상대에 대한 경계심이 강할 때 이런 자세를 취한다.

양 발을 벌리고 앉는 사람

특히 살이 찐 남성들에게서 많이 볼 수 있는 자세다. 사교성이 좋아

누구와도 금세 친해진다. 남에게 부탁을 받으면 거절하지 못하는 호인 타입이 많다.

발을 꼬고 앉는 사람

자기 과시욕이 강한 사람이다. 남에게 지는 것을 싫어하고 상대가 인정해 주기를 바라는 타입이다. 굵은 시가나 파이프 담배를 즐겨 피우는 사람은 남보다 튀어 보이고 싶어서 안달하는 사람이다.

무릎에 손을 올려놓는 사람

로맨틱하고 내성적인 사람으로 애정 욕구도 강하다. 독창력이 있는 사람에게서 많이 볼 수 있는 자세다.

앉자마자 바로 자세를 바꾸는 사람

몸이 피곤할 때나 무엇인가 다른 일을 생각할 때 드러나는 행동이다. 또 정신 상태가 불안정할 때도 이런 동작을 취하게 된다. 상

대의 이야기를 진지하게 들어줄 수 있는 마음의 자세가 되어 있지
않다.

발끝을 전방을 향해 뻗고 있는 사람

상대에게 별로 관심이 없거나 유유자적한 기분에 젖어 있을 때다.
전철 안에서 이런 자세를 취하고 있는 사람은 집단 생활을 싫어하고
제멋대로 살고 싶어하는 욕구가 강하다.

인간은 누구나 남들에게 인정받고 싶어하는 소망을 가지고 있다. 이런 소망이 허세가 되기도 하고 자존심이 되기도 한다.

허세의 대부분은 스스로에게 자신이 없거나 남들보다 뛰어나고 싶긴 하지만 확실한 자기 표현조차 가능하지 않을 때 생기는 일종의 열등감에서 기인하는 것이 많다.

이런 열등감은 지식이나 능력에 대한 지적 콤플렉스, 외모에 대한 육체적 콤플렉스, 가족이나 직업, 생활 레벨에 대한 열등감인 사회적 콤플렉스 등이 있다. 이런 콤플렉스를 보충하고자 하는 무의식적인 행동이 허세와 연관되어지는 것이다.

키가 작은 사람은 키가 커 보이게 하려고 굽이 높은 신발을 신기도 한다. 나폴레옹은 언제나 굽이 높은 부츠를 신어 자신의 작은 키를 조금이라도 커 보이게 하려 애썼다. 또 지적 콤플렉스가 있는 사람은 다른 사람의 학력에 필요 이상으로 신경을 곤두세운다. 물론 이런 콤플렉스와 연결된 허세는 그 사람에게 마이너스 요인으로만 작용하는 것은 아니다. 자신의 콤플렉스를 발판으로 삼아 성공한 케이스도 많기 때문이다. 콤플렉스가 있기에 그것을 극복하려고 남보다 더 많은 노

력을 하거나, 허세를 부리기 위해 의욕을 가지고 자신의 일에 적극적으로 매달린 사람도 많았다.

역사에 이름을 남긴 사람들은 대부분 콤플렉스를 가지고 있었다고 해도 과언이 아니다. 스스로 콤플렉스를 커버하려고 허세를 부렸고, 단순히 허세로만 끝내 버린 것이 아니라 그것을 멋지게 현실화시켰던 것이다. 다시 말해 허세가 출세의 원동력이 된 것이다.

늘 모자를 쓰고 다니는 사람들의 심층 심리에도 허세가 작용하고 있다. TV 오락 프로에 자주 등장하는 유명인들 중에 어찌 된 영문인지 늘 모자를 쓰고 출연하는 사람이 있다.

스튜디오 안이나 실내에서 모자를 쓰고 있는 것이 그다지 자연스럽게 보이지 않음에도 절대 모자를 벗으려 하지 않는다. 도대체 그 사람에겐 어떤 심리가 작용하고 있는 것일까? 다른 사람들은 아무렇지도 않게 생각하고 있지만 정작 본인은 모자를 쓰고 있지 않으면 자신의 얼굴에 불안감을 느끼기 때문이다.

콤플렉스 중 가장 강한 것이 육체적 콤플렉스다. 모자는 머리카락이 부실한 사람들에게 있어 절대적인 처방이라는 사실을 간과해선 안

된다. 남자들에게 머리는 상상하는 것 이상으로 큰 콤플렉스의 요인
이다. 심층 심리학적으로 탈모 현상이 시작되면 에너지를 다 소진한
사람이라는 인상을 줄 수도 있다고 한다.

또 모자는 지성의 심벌이기도 하다. 그것으로 머리를 장식하는 것은
심리적으로 지적인 분위기를 풍기게 한다. 모자 하나에 그런 심층 심리
가 반영되고 있는 것이다.

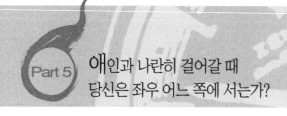

당신이 파티에 참석했다고 하자. 연회장의 입구를 들어선 뒤 좌우 어느 쪽으로 향할 것인가?

어느 한정된 방과 통로에서 사람들의 진행 방향의 흐름에 대해 조사된 바 있다. 그 결과에 의하면 사람은 오른쪽으로 향하는 경향이 있다고 한다.

또한 인간에게는 이런 좌우의 방향에 한정되지 않고 때와 장소에 따라 어느 일정한 흐름의 패턴이 나타난다고 한다. 이른바 트래픽 패턴이 바로 그것이다.

예를 들면 역의 계단이나 플랫폼의 출구까지의 통로는 좌측 통행이 많다. 이것은 전차의 진행이 좌측 통행이기 때문에 생기는 진행 습성이다. 일부러 우측 통행이라고 표시를 해도 좌측 통행을 하는 사람이 대부분이다.

이런 현상은 비단 인간뿐만 아니라 동물에게서도 볼 수 있다. 방목 상태에서의 말은 왼쪽으로 도는 습성이 있다고 한다.

자, 그렇다면 두 사람이 나란히 걷고 있다고 할 때 당신이라면 어느 쪽에 설 것인가? 언제나 상대의 우측에만 서려는 사람이 있는가 하면 반대로 상대의 좌측을 좋아하는 사람도 있다.

얼마 전, 어느 TV 프로에서 동경의 하라쥬꾸(原宿)에 모이는 커플을 대상으로 재미있는 조사를 실시한 적이 있었다. 나란히 걷는 남녀를 조사해 본 결과 남자가 우측에 선 커플이 58%, 여자가 우측에 위치한 커플이 42%였다. 이처럼 여성이 좌측에 위치하는 경우가 많은 것은 여성을 보호하려는 남성의 배려 때문이다. 이런 위치 선정은 남녀 커플뿐만이 아니라 남자와 남자, 여자와 여자끼리 나란히 걸을 때도 각자 자신이 좋아하는 위치가 이미 정해져 있다. 또 걸을 때뿐만 아니라 나란히 서 있을 때나 의자에 앉을 때도 단적으로 드러난다.

예전에 나까소네(中會) 수상이 미국을 방문했을 때 당시 레이건 대통령과 나란히 서서 사진을 찍은 적이 있다. 그때 레이건 대통령은 자신의 우측에 나까소네 수상을 서게 했다.

게스트를 맞이해 상대에게 경의를 표하려 할 때 게스트를 우측에 서게 하는 경우가 많다. 그것은 당신을 신뢰하고 경의를 표한다는 의식의 표출이다.

일반적으로 자신이 자진해서 우측에 서려고 하는 사람은 자기 본위의 완고한 성격의 소유자다. 자기중심적 사고방식으로 상대에 대한 배려가 부족해 이기적인 면이 많다. 그러나 자의식이 강한 사람이기도 하다. 반면 좌측을 좋아하는 사람은 타협적인 성격으로 순응성이 있다. 싫은 사람과 자리를 같이 하더라도 티 내지 않고 상황에 적응해 나가려 애쓰는 사람이다.

나까소네 수상은 일본을 방문한 국빈과 기념 사진을 찍을라치면 평소의 습관대로 자신이 꼭 우측에 서곤 했다. 그때마다 주위 사람들이 충고를 해 서는 위치를 바꾼 적이 몇 번인가 있었다고 한다. 나까소네 수상의 성격이 확연하게 드러나는 대목이다.

또 쌍둥이의 형이나 언니인 경우 역시 우측에 서려 하는 경향이 뚜렷하다. 만담 콤비를 보더라도 우측(객석에서 보면 좌측)에 위치한 사람이 문제를 제기하면 좌측(객석에서 보면 우측)에 위치한 사람이 엉뚱한 대답으로 관객들의 웃음을 자아내는 경우가 많다. 우측에 선 사람이 리더 역할을 한다는 하나의 예이다.

　　좌측에 위치한 사람은 자신의 우측에 있는 사람을 의지하려는 경향이 있다. 실제로 우측의 사람은 상대에게 신뢰받고 있다는 사실에 대해 은연중에 만족감과 기쁨을 느낀다.

　　또 3인 이상이 나란히 걸을 때도 가장 우측에 선 사람이 리더쉽을 발휘하는 사람으로 다른 사람을 지배하려는 의식이 강하다.

　　당신은 친구들과 사진을 찍을 때 주로 어느 위치에 서는가?

'눈은 마음의 창'이라고 한다. 말로 표현하지 않아도 본심은 반드시 눈에 드러난다. 또 흥미가 있는 것, 관심이 있는 것을 볼 때와 싫어하는 것, 관심이 없는 것을 볼 때는 눈빛부터 다르다.

눈동자의 크기와 관심도가 정비례한다는 재미있는 실험이 있어 소개해 본다.

미국의 심리학자 헤이스는 실험을 통해 눈동자의 크기가 그 사람의 흥미와 관심의 정도를 나타낸다는 사실을 증명했다.

헤이스는 우선 다섯 장의 사진을 준비했다.

'풍경', '남성 누드', '여성 누드', '아기', '아기를 안고 있는 젊은 엄마' 이 다섯 장의 사진을 남자와 여자로 구분한 실험 대상에게 보여주며 그들의 동공 크기 변화를 조사하는 실험이었다.

이 실험 결과에 의하면 여자들은 '아기를 안고 있는 젊은 엄마', '남성 누드', '아기'의 순으로 동공이 커졌다. 남자들의 경우는 '여성 누드'를 보았을 때 동공이 가장 커졌고, 그 크기는 평상시에 비해 18%나

증대된 것이라는 사실도 알게 되었다. 다시 말해 인간은 관심이 높은 것을 볼 때 눈동자가 커진다는 것이다. 또한 상대의 눈동자를 잘 살펴보면 그가 무엇에 관심이 있어하는지를 파악할 수 있다는 말이 된다. 실험에서도 밝혀진 것처럼 이것은 과학적으로 증명된 사실이다.

눈동자는 일반적으로 검은자위로 불리는데 검은자위가 큰 사람은 생기가 있고 온화한 인상을 준다. 반면에 흰자위가 크면 차갑고 어두운 인상을 준다. 일반적으로 검은자위가 중앙에 있고 그 좌우에 흰자위가 있다. 그러나 삼백안(三白眼)이라 불리는 눈은 흰자위가 검은자위의 좌우 외에도 검은자위의 위나 아래에도 있어 상대에게 불신감을 준다. 또 흰자위가 검은자위의 좌우, 상하에 있는 사백안(四白眼)이 있는데 불행한 인생을 살게 되는 상이라고 꺼려하는 사람이 많다. 미국의 존 F. 케네디 대통령도 사백안이었다.

심리학에서는 눈동자의 상태와 시선의 방향으로 그 사람의 심리를 추측한다. 눈의 표정은 다섯 종류로 분류할 수 있다.

1. 눈동자의 상태는 보통 힘이 실려 있지 않고 시선은 정면을 향

해 있다.

가장 자연스러운 상태라고 할 수 있다. 그러나 입의 표정에 의해 두 가지로 판단할 수 있다.

· 입을 다물고 있을 때—냉정하고 주의력을 집중하고 있다.
· 입이 벌어져 있을 때—무기력한 상태다.

2. 눈동자의 상태로 볼 때 보통 시선은 조금 위를 향해 있다

방심 상태에 있으나 지적 활동은 왕성하다. 단, 목적 의식이 애매해서 이런 저런 고민에 빠져 있다. 특히 손에 힘을 주지 않고 있을 때는 방심의 정도가 세다.

3. 눈을 뜨면 검은자위가 빛이 난다

안구가 조금 튀어나온 느낌에 시선은 정면을 향하고 있다. 이런 상태는 헤이스의 실험에서 본 것처럼 상대에 대한 관심도가 높고, 대상에 대해 의식을 집중하고 있는 상태다. 욕구가 강한 반면 경계심도 강하다.

4. 안구가 튀어나오고 눈꺼풀에 힘이 실려 있다. 자주 깜빡이지 않고 시선은 정면을 향한다

고도의 긴장 상태에 있다고 할 수 있다. 의외감이나 공포감을 느끼고 있다. 손을 꽉 잡거나 손을 입에 대는 경우엔 마음의 동요가 일고 있는 상태다.

5. 눈을 감은 것처럼 가늘게 뜨고 시선은 아래를 향한다

주의력이 산만한 상태, 또는 황홀한 상태다. 특히 힘없이 입을 벌리고 있을 때는 쾌감 지수가 높을 때다. 좋아하는 남자에게 뜻하지 않은 키스를 받았을 때 이런 표정이 된다.

입은 거짓말을 할 수 있어도 눈은 거짓말을 하지 않는다. 눈의 표정을 읽을 수 있는 지혜가 있다면 일상생활에서도 반드시 쓸모가 있을 것이다. 상대의 눈동자의 크기와 눈빛의 의미를 아는 것만으로 상대의 본심을 알 수 있으니 말이다.

3

여자의 불가사의한 특성을 이해하라

Part 1

비음 섞인 끈끈한 음성의 여자는 사랑받고 싶어하는 욕구가 강하다

첫인상으로 상대에게 강한 인상을 줄 수 있는 것 중의 하나가 목소리(음성)이다. 얼굴도 모르는 상태에서 목소리만으로 상대를 판단하는 경우도 있다. 또 얼굴의 표정이나 행동만으로 알 수 없는 감정의 움직임을 목소리로 추측할 수 있는 경우도 있다. 똑같은 말이라도 기쁠 때와 슬플 때의 음성의 느낌은 다른 것이다.

음성은 그 사람의 감정 상태에 따라 다음과 같은 특징으로 분석할 수 있다.

높낮이

긴장도를 나타낸다. 높은 목소리를 내는 것은 자신의 감정을 다스릴 수 없을 정도로 화가 났을 때, 혹은 중요한 사람을 만나 긴장해 있을 때도 목소리가 상기되어 높아진다. 반면 목소리가 낮아질 때는 기분이 안정되어 있을 때다.

음성의 높낮이는 상대 마음의 긴장도를 알 수 있는 열쇠이다.

크기

음성의 크고 작음은 그 사람의 성격과 관계가 깊다. 큰 목소리로 화를 내는 것처럼 이야기하는 사람은 지배욕이 강하고 자기중심적인 사람이다. 또 사람 사귀기를 좋아하고 아첨에 약하다. 반면 목소리가 작은 사람은 보통 내성적인 성격으로 자신의 감정 조절에 능한 사람이다.

리듬

목소리의 억양이 단조로울 때는 상대에 대해 차가운 감정을 가지고 있을 때다. 또 정신적으로 불안정한 경우에도 억양이 단조롭다. 반면 리듬감이 있을 때는 신바람이 나서 기분이 들떠 있을 때다.

위에서 본 것처럼 음성의 높낮이, 크고 작음, 리듬은 그 사람의 현재의 기분과 심리를 알 수 있는 근거가 된다. 또 음성에는 그 사람 특유의 천성적인 버릇이 배어 있어 그 사람의 특징을 잘 알 수 있다. 이번에는 음성의 타입으로 그 사람의 성격과 인격을 파악해 보자.

톤이 높다

여자일 경우 변덕스럽지만 좋고 싫음이 분명한 성격이다. 일반적으로 목소리의 톤이 높은 사람은 신경질적이고 남에게 지기 싫어하는 사람이다. 아이디어나 공상력이 풍부하고 미적 센스가 뛰어나다. 남자라면 열광적이고 사소한 일에도 흥분을 잘한다.

개성을 활용해 성공하는 운이 좋은 사람에게서 많이 볼 수 있는 특징이다.

부드럽고 점잖은 음성

여자가 목소리가 부드럽고 작다면 대단히 소극적이며 내성적인 성격으로 꾸준히 노력하면서 자신의 목표를 향해 앞으로 나가는 사람이다. 남자의 경우는 일견 점잖아 보이지만 의외로 완고한 면이 있어 남의 말을 들으려 하지 않는다.

남녀 모두 이성에 대해서는 좋고 싫음이 분명하다. 특히 상대를 고를 때는 얼굴을 중점적으로 보는 경향이 있다.

허스키한 음성

여자라면 개성이 강하고 경우가 확실한 사람이다. 누구에게나 부드럽게 대하지만 자신의 속마음은 좀처럼 드러내지 않는다. 옷을 입는 센스가 뛰어나고 그림이나 음악에도 재능이 있다. 남자라면 행동력은 뛰어나지만 앞뒤 생각없이 행동하는 면이 있다.

굵고 묵직한 음성

뱃속 깊은 곳에서 나오는 듯한 굵고 묵직한 음성의 사람은 남녀 모두가 사교성이 뛰어나다. 남의 어려운 일을 보면 그냥 지나치지 못하고 특히 보스 기질이 뛰어나다. 직장에서는 인기가 높다.

빠른 어조에 수다형

여자라면 재치가 뛰어나다. 또한 무슨 일을 하더라도 그 일에 대한 순응성이 뛰어나다. 일반적으로 고민과는 거리가 먼 낙천가 타입이다. 남자인 경우 상대의 의견을 들으려 하지 않고 자신의 주장만 강하게 내세우는 단점이 있다.

비음이 섞인 끈끈한 음성

비음이 섞인 듯 끈끈하고 달콤한 느낌을 주는 음성의 여자에게는 모두가 호감을 갖는다. 팔방미인형의 사교가이다. 단, 모든 사람이 자신을 좋아할 것이라는 공주병에서 벗어나지 않으면 주위의 미움을 받을 수도 있으니 주의해야 한다. 남자인 경우에는 가족의 사랑을 듬뿍 받으며 자란 사람으로 외로움을 잘 타고 결단력이 부족하다. 여자 문제에 있어서도 소극적이고 우유부단하다.

예전에 '원거리 연애'라는 말이 유행했던 적이 있었다. 오오사카(大阪)로 전근을 간 남자가 동경에 있는 애인을 만나기 위해 매주 금요일 밤에 상경해 일요일에 마지막 고속전철(新幹線)로 오오사카로 돌아갔다.

일요일 밤의 동경역, 오오사카행 마지막 전철 플랫폼은 잠깐 동안의 만남에 대한 이별을 아쉬워하는 남녀로 늘 북적거린다. 그러나 그 정도로 뜨거운 연애를 하는 커플 중 과연 몇 커플이 결혼에 골인할 수 있을지 의문이다.

아무리 사랑하는 사이라 할지라도 두 사람이 살고 있는 장소가 얼마나 떨어져 있느냐 하는 거리상의 문제는 본인들이 생각하는 것 이상으로 훨씬 더 중요한 문제이기 때문이다.

미국의 '보셰어드'라는 연구원은 필라델피아의 5,000인의 기혼 커플을 대상으로 그들이 결혼 약속을 한 후 실제로 결혼할 때까지의 기간 동안 어느 정도 떨어진 곳에서 각자 살았는지 조사했다.

그 결과 대단히 흥미있는 사실을 알게 되었다. 결혼 약속을 했을 당시 이미 한 집에서 동거하고 있었던 커플이 12%, 각자 살고 있었던 곳의 거리가 5블럭 이내였던 커플이 3분의 1을 넘었다. 그리고 그 기간 중에 두 사람이 살고 있는 곳의 거리가 멀수록 결혼에 성공한 커플의 수도 적다는 사실 또한 이 조사를 통해 알게 되었다.

'남녀는 거리적으로 가까울수록 가까워지기 쉽고, 연애의 감정을 유지할 수 있다. 반대로 멀리 떨어져 있으면 결혼까지 갈 수 있는 가능성이 급격히 줄어든다' 고 하는 '보세어드의 법칙' 의 결론이 성립된다.

이 조사 결과는 당연한 것이다. 두 사람이 살고 있는 곳의 거리가 멀면 불편한 일이 한두 가지가 아니다. 예를 들면 데이트를 하려 해도 필요한 돈이나 시간, 준비 과정과 스케줄 조정 등 모든 것이 불편하다. 또 가깝게 살고 있는 것보다 부담해야 할 것도 더 많아진다.

이제 처음에 소개했던 '원거리 연애' 가 얼마나 어려운 일인지 짐작했을 것이다. 이렇게 거리적으로 가깝고 서로 만날 기회가 많은 사람일수록 사이가 좋아진다는 논리를 심리학 용어로 접근 요인이라고 한다.

사랑하는 사이임에도 현재의 진행 사항이 진부하다고 생각되면 어느 날 갑자기 그녀의 집 근처로 이사를 가보라. 지금보다도 더 깊은 관계로 발전할 수 있는 계기가 될 것이다. 그런 돌발적인 행동이 상대의 감정을 자극해 마음을 움직이게 되는 것이다. 속임수와는 달리 이것은 '접근 요인'을 이용한 일종의 심리 조작이라고 할 수 있다.

그런데 남녀가 가깝게 살면 사이가 좋아지는 이유는 무엇일까? 그것은 심리학에서 말하는 '숙지성(熟知性)의 법칙'과도 합치한다.

미국의 심리학자 자이언스의 실험에 의해 '눈에 보이는 기회가 많은 대상일수록 친해질 수 있는 가능성이 높다'는 사실이 증명되었다.

다시 말하자면 처음엔 별로 마음에 들지 않았던 상대라도 몇 번이고 되풀이해서 만나는 사이에 호의를 갖게 되는 것이다. 물론 연애에 있어서도 같은 논리가 적용된다. 한 사람과 반복해서 만남을 가질수록 그 상대에 대한 지식도 늘고, 그 사람의 내면까지도 이해할 수 있게 된다. 그 결과 상대에 대한 친근감도 늘어나게 된다. 사내 결혼이

많은 이유도 그 때문이다.

이 숙지성의 법칙은 '단순 접촉의 원리'라고도 하는데 인간관계, 특히 남녀 관계에 있어서 강한 설득력이 있다. 즉, 실증된 정통 테크닉인 것이다. 극소수의 예외는 제외하더라도 남녀 사이에 만나면 만날수록 정이 드는 것은 당연한 일 아니겠는가? 특히 여자는 그런 경향이 강하다. 물론 연애 대상이 아닌 사람이나 처음부터 생리적 혐오감을 느낀 사람이라면 자주 만날 기회가 생긴다 해도 절대 무리겠지만.

결론을 말하자면 그녀를 당신의 페이스에 끌어들이고 싶다면 자주 만나라. 만남의 횟수를 늘리는 최선의 방법은 그녀가 살고 있는 집 근처로 이사를 가는 것이다.

급한 일로 공중전화를 쓰려고 하는데 공교롭게도 사용하는 사람이 많다. 이런 경우 차례를 기다려야 한다면 젊은 여자가 통화하는 부스를 회피하는 사람이 많을 것이다. 젊은 여자일수록 통화 시간이 길다는 것을 대부분의 사람이 알고 있기 때문이다.

어느 조사에 의하면 통화를 3분 이내에 끝내는 성비의 비율이 남성이 61.9%인 데 비해 여성은 겨우 24%에 불과했다고 한다. 이처럼 남성과 여성의 통화 시간이 다른 것은 커뮤니케이션에 대한 생각이 근본적으로 다르기 때문이다.

남성은 '커뮤니케이션이란 상대에게 무엇인가 전달하는 것'이라는 의식이 강하다. 특별한 용건이 없는 한 누군가에게 전화를 한다는 것 자체가 습관화되어 있지 않다. 그러나 여성의 경우엔 이런 생각 자체가 근본적으로 다르다.

여성에게 있어 전화 통화라는 행위는 특별한 용건이 있어서가 아니라 이야기 상대와 시간을 공유하고 공통의 체험을 하는 것이 목적이다. 이야기의 내용은 누구를 위한 것도 아니고, 앞뒤 맥락이 맞지 않더라도 상관없는 이야기다. 다시 말해 이야기하는 것 자체가 레저이

자 스트레스를 해소하는 방법의 하나인 것이다. 때문에 여성의 장시간 통화에 대해 어찌할 도리가 없다.

그러나 요즘은 남성도 만만치 않다. 심야에 공중전화로 언제 끝날지 알 수 없는 통화를 하고 있는 젊은 남자의 모습을 어렵지 않게 볼수 있다. 이런 경우에 상대는 이성 혹은 동성의 친구인 경우가 대부분이다.

사람은 필연적으로 낮보다도 밤에 이야기가 길어지는 경향이 있다. 더욱이 통화 상대가 이야기를 좋아하는 젊은 여자라면 당연히 통화가 길어질 수밖에 없다.

심야, 젊은 남자가 공중전화 부스 안에서 통화를 하고 있을 때 상대가 누구인지 알 수 있는 쉬운 방법이 있다. 통화 중인 그의 태도만 잘살펴보면 알 수 있는 것이다.

예를 들어 통화 상대가 남자 친구인 경우 그의 태도는 오픈되어 있다. 부스의 출구를 향한다거나 옆을 보면서 이야기하기도 한다. 이런경우 통화 시간은 그다지 길어지지 않는다. 그러나 애인과 통화하는 때는 상황이 좀 다르다. 출구에서 등을 돌리고 수화기를 감추기라도 하듯이 몸을 움츠린 채 통화를 한다. 통화 시간이 길어질 것은 뻔한 이치다.

이렇게 심리학을 응용하면 통화 중의 태도 하나만으로도 상대에 대한 추측이 가능하다. 일상생활에 도움이 되는 지식은 알아두면 대단히 유용한 무기가 될 것이다.

남자가 여자에게 프로포즈할 때 지켜야 할 철칙이 있다. 그것을 알고 있는 것과 모르고 있는 것은 큰 차이가 있다. 우선 여성 특유의 심리를 파악하는 것이 무엇보다도 중요하다. 여자를 잘 다루는 플레이보이는 심리학은 몰라도 실전 경험을 통해 여성 공략의 포인트를 잘 알고 있다.

자, 당신은 그녀와 데이트도 몇 번 했고 그녀의 마음도 알았다. 오늘은 비장한 각오로 그녀에게 키스를 시도하려고 한다. 데이트 코스를 어떻게 정해야 할까?

남녀를 비교할 때 여자 쪽이 압도적으로 무드에 약한 특징이 있다. 분위기에 속기 쉽다는 표현도 적절하겠다. 그렇기에 달콤한 로맨스 영화를 본 여자는 자기 암시에 걸리기 쉬운 심리 상태가 된다. 아무리 유행하는 최신 프로라 해도 SF 영화나 전쟁 영화, 액션물은 피하는 게 좋다. 오늘만큼은 무슨 일이 있어도 그녀의 입술에 내 이빨을 닿게 하겠다는 비장한 각오를 한 사람이라면 로맨스 영화 말고는 대안이 없다. 이것은 철칙이다.

다음의 행동은 그럴듯한 분위기의 레스토랑에서 식사를 하는 일이다. 배를 채워두는 일은 절대적으로 필요하다. 배고픈 여자를 유혹하기는 어렵다. '성욕보다 식욕이 더 강한 게 여자'라는 말도 있지 않은가? 적당한 술은 이성을 마비시키는 효과가 있다. 그러나 취하게 해서는 안 된다. 신사가 취할 행동이 아니기 때문이다.

그렇다고 치고 자, 그럼 다음 단계의 행동은 무엇인가? 바로 여기가 성공과 실패의 분기점이다. 뭔지 모르게 서로 조심스러운 사이에서 친밀한 관계로 변화하기 위해서는 필요한 조건이 세 가지 있다.

1. 두 사람의 거리가 필연적으로 가까워질 수밖에 없는 장소를 고른다

조심한답시고 2미터 정도 떨어진 상태에서 있어봤자 백일이 지나도 달라질 것은 하나도 없다. 걸을 때도 두 사람의 몸이 거의 닿을 정도의 거리를 유지하는 게 포인트다. 실내라면 테이블이 방해가 되어서는 안 된다.

2. 사람들의 눈에 띄지 않는 곳을 고른다

대낮의 공원에서 두 사람만의 세계를 찾는다는 것은 당연히 무리다. 그녀 역시도 사람들의 눈을 의식하느라 마음의 문을 열려 하지 않는다.

3. 가능한 어두운 장소를 고른다

사실은 이것이 최대의 포인트다. 어두운 곳에서 인간은 서로 밀착하려는 습성이 있다.

미국의 심리학자 가겐의 실험을 소개한다. 이 실험은 3미터 사방의 방에 남녀 각각 반반인 6인~8인의 그룹을 넣어놓고 그들의 행동 변화를 조사한 것이다.

밝은 방과 어두운 방, 두 방에 6~8인씩의 남녀를 넣고 양쪽 그룹의 행동을 비교했다. 밝은 방에 들어간 남녀는 서로 일정한 거리를 유지하고 앉아서 한 시간 동안 자신이 앉은 위치를 바꾸지 않고 대화를 했다.

어두운 방에 들어간 남녀는 시간이 지남에 따라 대화가 줄어들더니 앉아 있는 장소에서 이동하는 사람이 늘어났다. 이윽고 서로의 몸을 만지거나 포옹하는 상황으로 변했다.

어두운 곳에서는 서로가 누군지 모르는 상태이기에 자신을 드러냄에 있어 자신의 겉모습을 꾸밀 필요성을 느끼지 못한다. 그렇기에 시간이 지날수록 남녀는 급속히 친밀해지는 것이다.

그녀와 데이트에서 마지막으로 가는 곳은 1~3의 조건을 충족시킬 만한 곳이어야 한다. 두 사람의 거리가 밀착될 수 있는 곳, 보는 사람이 없어야 하고 어두운 장소, 그런 곳이라면 밤의 공원이 우선 머리에 떠오른다. 로맨틱한 영화로 분위기를 띄워놓고 식사를 한 다음 밤의 공원에서 오붓하게 두 사람만의 시간을 갖는다. 손을 잡고 어깨를 안고, 그리고 키스를 한다. 충분히 가능하다. 서로의 표정이 잘 보이지 않는 어둠은 인간의 경계심, 수치심을 없애주고 편안함을 주는 효과를 가지고 있다. 카페나 바의 조명이 어둑어둑한 이유는 바로 남자와 여자의 이런 심리를 십분 활용하라는 일종의 배려가 아닐까?

인간은 득실 관계에 상관없이 이성을 좋아한다. 이성을 좋아하기도 하고 싫어하기도 하는 감정처럼 불가사의한 일은 없다. 도대체 합리적인 설명을 할 수가 없다. 심리학에서도 이런 연애 심리의 분석이 가장 어려워 설명이 불가능한 것으로 분류하고 있다.

프로이트는 연애 심리의 해석을 '잠재의식에 있어서의 '性'의 의식'이라고 했다.

프로이트는 모든 심리의 해석을 성의 분야에 귀착시켰는데 이 연애 심리도 '성의 의식'으로 해석하고 있다.

스위스의 심리학자 윤게는 다른 해석을 내놓았다.

사람을 좋아하는 것은 심층 심리 안에 잠재해 있는 무의식의 의식, 즉 성을 초월한 '자신'과 '원망(願望)'이 있어 그것이 작용해서 생기는 것이다. 즉, 사랑은 표면의 의식에 나오지 않는다. 어느 원망이나 의식을 채우려고 사랑을 하는 것이다.

예를 들면 어머니의 사랑에 굶주린 남성은 모성적인 여성에게서 강한 애정을 찾으려고 한다. 연상의 여성을 사랑하는 것도 이런 이유에 서다.

그런 심층 심리 안에는 남녀가 별도의 잠재된 자신을 가지고 있다 고 윤게는 말했다. 모든 남성은 여성의 마음을, 모든 여성은 남성의 마음을 내면에 가지고 있다는 것이다. 이 남성 안의 여성적 성격을 윤 게는 '에니메'라고 불렀고 여성 안의 남성적 성격을 '에니무스'라고 명명(命名)했다. 또 그는 인간은 남성의 심리와 여성의 심리가 늘 공존 하는 양성구유(兩性具有)라고 지적했다. 즉, 여자가 처음 만난 남자를 판단할 때 그녀의 내면에 존재하고 있는 에니무스가 중요한 열쇠를 쥐게 된다는 것이다.

그녀의 에니무스는 부친, 혹은 형제의 의해 생성된 것으로 그 이상 (理想)의 남성상에 꼭 맞는 상대를 만났을 때 여자는 이 사람이야말로 내가 찾던 사람이라는 확신을 갖게 된다. 본인은 극적인 만남이라고 생각하지만 사실은 심층 심리 안에 남성의 이상형이 있어 그것에 합 치된 것이라는 이야기다. 남자의 경우도 이와 마찬가지이다.

남자가 여자를, 여자가 남자를 어느 정도 이해할 수 있는 것은 여자가 에니무스를, 남자가 에니메를 가지고 있기 때문이다. 만일 이런 것을 갖고 있지 않다면 서로 끌리거나 사랑을 느끼는 일은 거의 없을 것이다. 이렇게 융게는 에니메, 에니무스가 실재(實在)의 이성에 대해 투영되는 것이기에 연애 감정을 갖게 되는 것이라고 설명하고 있다.

그런데 비슷한 가정 환경에서 자라 비슷한 교육을 받고 거의 같은 직종에 근무하는 남녀는 닮은 꼴처럼 마음도 잘 통한다. 이런 닮은 꼴유형의 사람들끼리 결혼하는 경우도 꽤 많다. 이런 현상에 대해 심리학적으로 어느 정도의 이론적인 증거가 있다. 이른바 유사성 요인이라는 것이 바로 그것이다. 부부에 국한된 것은 아니지만 다시 말해 닮은 꼴끼리는 친해지기 쉽다는 것이다. 이것도 두 사람이 가지고 있는에니메, 에니무스가 근사치에 가깝기 때문이라고 말할 수 있다.

대화나 취미가 서로 비슷하면 서로를 좀 더 쉽게 이해할 수 있다. 그렇다 보니 성격이나 환경이 전혀 다른 사람들에 비해 훨씬 빠른 속도로 사랑에 빠져들 수 있는 것이다.

또 오랜 시간을 함께 생활한 부부는 아이들의 교육 문제나 주변의 잡다한 일 등 공통적인 화제가 많다. 늘 서로 대화하며 서로에게 영향을 주고받다 보니 점차로 같은 사고를 갖게 되는 것이다. 그것은 옷 입는 취향이나 취미 등에서 나타난다.

부부가 같은 디자인, 같은 색상의 등산복을 입고 함께 산을 오르는 모습은 주위에서 흔하게 볼 수 있는 장면으로 하나의 작은 예가 될 수 있겠다.

인간에게는 이처럼 자신이 공감할 수 있는 사람, 자신에게 잘 어울릴 수 있는 사람을 좋아하는 경향이 있다. 그런 반면에 지금까지의 이야기와는 정반대로 자신과 완전히 다른 스타일의 이성을 좋아하는 사람도 있다. 그것은 자신과 다른 것을 동경하는 면이 강조된 경우라고 할 수 있겠다.

여자들이 화장을 할 때 가장 신경 쓰는 부분이 눈과 입술이라 한다. 특히 '여자의 성숙도와 립스틱에 대한 관심은 평행하다' 는 말이 있을 정도로 남자들이 여자의 얼굴에서 가장 성적 매력을 느끼는 부분이 바로 입술이다. 물기를 머금은 듯 촉촉한 입술에서 섹스어필을 느끼고 육감적인 입술에서 섹스 그 자체를 느낀다. 남자의 코가 여자들에게 섹스를 연상시키는 것처럼 여자의 입술은 남자들로 하여금 섹스를 연상하게 하는 것이다. 보통 성 체험이 많은 여자일수록 다양한 립스틱 색을 좋아하는 경향이 있다고 한다. 또 매니큐어와 립스틱을 같은 색으로 맞추려는 심리도 있다고 한다. 이 장에서는 립스틱의 색에 포인트를 두고 립스틱의 색으로 그녀의 성격과 그날의 심리 상태를 알아보기로 하자.

빨간 립스틱

언제 어디서라도 상황에 자신을 적응시킬 수 있는 밝은 여성의 이미지가 있다. 그러나 사실은 내성적인 취향의 여자들이 좋아하는 색이다. 이 색을 선호하는 사람은 그날의 기분에 지배되기 쉽고 자신의 감정을 잘 드러낸다. 일반적으로 중년에 가까워질수록 이 색을 많이 찾는다. 말과 행동이 일치되지 않는 사람도 많다. 말수가 줄어들면 욕구 불만이라는 무언의 표현이다.

오렌지색 립스틱

가장 부드러운 색으로 이 색을 좋아하는 그녀는 모든 사람이 좋아하는 상냥한 타입이다. 두뇌도 명석하고 특히 섹스의 욕망을 조절하는 능력이 뛰어나 바람을 피우지 않는 타입이다. 한 사람에게 헌신적인 성실한 인간이다. 자신의 논리 기준이 엄격하기 때문에 상대의 배신을 용서하지 않는 단호한 경향이 있다.

핑크 색 립스틱

가장 일반적인 타입이다. 매사를 적절하게 처리하는 능력이 있다. 그러나 무슨 일을 하더라도 시간이 걸리는 슬로우 타입이다. 두 남자를 동시에 사랑하고 싶어하는 이중성을 지니고 있지만 정작 자신은 별로 신경 쓰지 않는다. 평소엔 순박하고 점잖지만 한 번 모험에 빠져들면 물불 가리지 않는다.

펄이 함유된 립스틱

가장 개성이 강한 열정가. 욕망을 굳이 억제하려 하지 않고 늘 무엇인가에 자신을 몰입시키려 하는 적극적인 성격이다. 연애를 해도 한 남자에게 속박되는 것을 싫어한다. 섹스도 철저하게 엔조이 위주로 즐기려 한다. 당연한 일이지만 현모양처와는 거리가 멀다. 연하의 남성을 좋아하는 경향도 있다.

보라색 립스틱

여성 상위로 평범함을 거부한다. 대단한 섹스의 기교파로 자신의 느낌을 충분히 즐기는 타입이다. 또한 상대 남자를 자신의 취향대로 바꿔놓으려는 마녀적인 성향도 짙다. 이런 타입의 여자와 하룻밤을 함께한 남자는 그녀의 육체, 섹스의 기교에 매료되어 푹 빠지는 경우가 많다. 남자를 달구는 불가사의한 매력과 개성을 가지고 있다. 요염한 이미지에 스스로 자신의 용모나 스타일에 상당한 자신을 가지고 있다. 성에 관련된 이야기도 주저하지 않는다.

새로 장만한 옷을 입고 밖에 나서면 자꾸 남의 시선이 신경 쓰인다. 이런 경향은 당연히 남자보다도 여자 쪽이 더 강하다.

여기서 잠깐 테스트를 해보자. 데이트 도중에 그녀가 자신이 입고 있는 옷이 어울리는지를 당신에게 물었다. 그 옷은 새로 장만한 옷이라고 한다. 자, 당신은 그녀에게 어떻게 대답할 것인가?

A : (멋있군, 잘 어울려.) 무조건 칭찬한다.

B : 패션에 관해서는 잘 모른다고 하며 다른 화제로 옮긴다.

C : (조금 야하지 않아?) 생각하는 바를 솔직하게 말한다.

D : 왜 그녀가 새 옷을 장만했는지 여러모로 생각해 보고 완곡하게 자신의 의견을 말한다.

여자의 패션을 비평하는 것은 남자에게 있어서 더할 나위 없이 고통스러운 일이지만 이 경우 A~D 중에서 어느 답을 선택했느냐에 따라 그 사람의 성격을 알 수 있다.

A라고 대답한 사람은 상대의 비위를 맞추어주면 무조건 상대가 좋

아할 것이라고 생각하는 사람이다. 누구를 대하더라도 비위를 잘 맞추는 타입이다. 표면적으로는 우호적인 대인 관계를 유지하는 것 같지만 일단 유사시엔 신뢰할 수 없는 사람이다. 진실한 인간관계를 유지하기 힘든 타입이다.

B라고 대답한 사람은 자신의 의견을 제때에 제대로 표현하지 못하는 사람으로 내성적이고 소극적인 타입이다. 특히 패션에 관해 의견을 말하지 못하는 사람은 인간관계가 지극히 서툰 사람이다.

C라고 대답한 사람은 주관이 확실한 사람이다. 얼핏 봐서는 멋있는 사람 같지만 흑백 논리가 지나칠 정도로 분명한 탓에 상대에게 적개심을 갖게 하는 경우도 종종 있다.

D라고 대답한 사람은 타인에 대한 배려는 하지만 자기 본위의 주관적인 성격으로 인해 냉담한 인상을 받는다. 인간관계에 있어서도 늘 자신의 기준으로 상대를 재는 타입이다.

멋을 부리는 행위는 주위로부터 자신을 인정받게 하려는 소망을 이루고자 하는 것으로 다른 사람들과 다른 패션을 몸에 두르는 사람에게는 그 나름대로의 동기가 있다. 예를 들면 샤넬에 미친 여성의 심리 속에는 샤넬 그 자체의 매력보다도 샤넬을 몸에 지닌 여성에게 자신을 접근시키고 싶은 욕망이 있기 때문이다. 이것을 심리학에서는 동일화라고 한다.

여기서 말하고 싶은 것은 그녀의 마음을 얻고 싶다면 그녀의 옷만을 칭찬하지 말고 그녀의 매력을 칭찬하는 것이 중요하다는 것이다.

"역시 다른 사람하고는 취향이 달라."

이런 말 한마디 정도라면 무난하지 않을까.

당신이 남자라고 할 때 그녀를 처음 만나는 순간 그녀는 당신의 어느 부분을 가장 먼저 주목할까?

당신이 러프한 옷차림일 때 그녀의 눈은 셔츠로 갈까, 스포티한 신발에 갈까, 그렇지 않으면 당신의 손끝일까. 여자가 남자의 어느 부분을 주목하느냐에 따라서 그녀의 성격을 대강 판단할 수 있다.

 # 셔츠를 가장 먼저 주목하는 여성은 모성 본능이 풍부한 사람이다

그의 셔츠가 더럽혀지지 않았나, 주름이 잡히지나 않았나 하고 마음을 쓰는 사람은 여자다운 애정을 가지고 있는 사람이다. 이런 타입은 상대의 입장을 먼저 생각하는 사람으로 단체 생활에서는 팀워크를 중시하며 인맥의 기본이 되는 스파이더 효과(거미줄처럼 인맥을 둘러친다)를 자연스럽게 높이고 있는 사람이다. 즉, 어려운 상황에 닥쳤을 때 자신의 일처럼 상담에 응해줄 수 있는 친구가 주위에 많다는 것이다.

특히 서구에서는 '입은 사람과 혼과 마음을 공유한다' 는 말이 있을 정도로 셔츠에 의미를 두고 있어 남자가 여자에게 셔츠를 선물하는 것은 곧 프로포즈라고 한다. 요즘 속옷을 주고받는 커플이 늘고 있는 것도 이런 심층 심리의 작용이 아닐까?

 # 구두에 흥미를 나타내는 여자는 한마디로 부에 관심이 높은 사람이다

대체로 신발에 돈을 투자하는 것은 사치로 알려져 있다. 이멜다 마르코스는 몇만 족이나 되는 구두를 수집해 그것을 부의 상징으로 과시했다.

호텔맨은 손님을 대할 때 가장 먼저 그 사람의 발을 주목한다고 한다. 신고 있는 구두의 값어치로 그 사람의 부의 수치를 체크하는 것이다.

또 구두는 애정과 여성 자신을 의미할 수도 있다. 여자가 남자에게 구두를 선물했다면 그것은 '당신에게 나를 바칩니다' 는 의미를 포함한 것이다.

 # 손끝을 주목하는 여자는 상대에 대한 배려가 남다른 사람이다

복장이나 소지품에 관심이 없고 상대의 손끝을 보고 일상생활을 알려고 한다. 이런 기본적인 마음 씀씀이가 대인 관계의 긴밀성을 높이는 것이다.

4

대인 관계에 유용한 인간 심리

우리는 일상에서 만나는 여러 사람에 대해 직관적인 느낌을 갖는다. '저 사람은 신경질적이다', '저 사람은 의심이 많은 사람이다' 등등의 여러 느낌과 인상은 '저 사람은…'이라고 하는 그 사람의 인상에 따른 심리를 반영하고 있다. 여기서는 그 심층 심리를 읽는 법과 그에 대한 능숙한 대응법을 살펴보기로 하자.

따지기를 좋아하는 사람

이론적으로 따지기를 좋아하는 사람은 취미 생활이나 운동조차도 귀찮게 여긴다. 논쟁을 좋아해 상대가 조금이라도 반론을 하면 기다렸다는 듯이 본격적인 논쟁을 벌이려고 한다. 이런 페이스에 말려들어 일일이 상대하다 보면 이렇다 할 결론도 없이 시간만 허비하고 만다.

"참으로 어렵군요. 하지만 뭔가 알 것 같습니다."

"좋은 말씀 잘 들었습니다."

대충 이 정도의 말로 상대를 인정해 주고 화제를 바꾸는 것이 현명한 처사다. 이쪽에서 결론을 내리려고 의견을 말하는 것은 절대

금기 사항이다. 당신의 의견이 아무리 옳다고 해도 상대는 반드시 반론을 한다. 가능한 상대의 의견에 동조하는 분위기로 대화를 진행하라. 단, 비굴한 태도는 상대의 거만함만 부추기는 것이니 주의해야 한다.

의심이 많은 사람

사람에게 불신감을 가지고 있는 사람은 과거에 배신이나 사기를 당했던 경험이 있는 경우가 많다. 이런 사람을 대할 땐 치켜세우거나 과잉 친절을 베풀어서는 안 된다. 상대는 모든 사람에 대해서 일단 의심을 품고 있는 상태이기 때문이다.

"이것은 플러스 요인이 될 수 있지만 다른 각도에서 보면 마이너스 요인이 될 수도 있습니다."

이런 식으로 때로는 상대에게 비판적인 지적을 해주는 것도 상대의 닫힌 마음을 열 수 있는 하나의 방법이라 하겠다. 세일즈를 할 경우에는 장점만을 말하지 말고 단점도 지적해야 한다. 장점 대 단점의 비율이 8 : 2 정도라면 상대의 경계심도 느슨해질 것이다.

신경질적인 사람

우선 이쪽에서 대화의 분위기를 만들어가는 것이 중요하다. 정중한 태도로 대해야 하며 발을 꼬거나 팔짱을 끼는 태도는 금물이다. 가능하면 상대의 기분을 편안하게 해주어야 하며 차 한잔이라도 먼저 권할 수 있는 마음 씀씀이가 필요하다. 용건은 가능한 빨리 본론으로 들어가되 불필요한 화제는 피해야 한다. 상대의 표정과 주위 변화에 민감한 타입이므로 자신있는 표정으로 대하며 모호한 말을 사용해서는 안 된다. 상대에게 깊게 생각할 틈을 주지 않으려면 거침없이 대화를 진행해 나가야 한다.

붙임성이 없는 사람

이쪽이 열심히 이야기를 하는데도 '글쎄요' 하고 애매한 대답만 할 뿐 좀처럼 속내를 드러내지 않는 사람의 심리는 두 종류로 구분할 수 있다.

⑴ 성격적으로 내성적이고 소극적이며 상대에게 필요 이상의 경계

심을 가지고 있다.

　─상대의 취미나 공통적으로 알고 있는 것을 화제로 삼아 이야기를 꺼내면 효과적이다.

　⑵ 생리적으로 이쪽을 싫어한다.

　─상대하기 대단히 어려운 타입이다. 상대가 어떤 것에 흥미를 느끼고 있는지를 파악해 그것을 실마리로 대화를 끌어 나가야 한다.

열등감이 강한 사람

　지나치게 예의를 차린다거나 손으로 입을 가리거나 억지웃음을 짓는 사람은 열등감이 강하다. 열등감을 갖는 대상으로는 신체, 재능, 사회에 대한 것이 대부분이다. 가능한 이런 것들에 관한 이야기는 피해야 한다.

불평이 많은 사람

　사소한 것 하나에도 일일이 불평하는 사람은 회사의 상사나 동료에게 불만을 갖고 있거나 출세 욕구가 강한 사람이다. 강자에게는 약하고 약자에게는 강한 타입으로 상대가 자신의 권위나 지위에 대해 경의를 표해주기를 원하고 있다. 시간 개념이 투철해 기일이나 약속 시간을 잘 지킨다. 또 스캔들이나 연예계 동향에 남다른 흥미를 갖고 있어 그에 관한 특별한 정보를 흘려주면 호감을 살 수 있다. 사소한 약속이라도 철저하게 지킬 때 신뢰를 얻을 수 있다.

앞에서는 신경질적인 사람이나 열등감이 강한 사람 등 대화를 하기 어려운 사람의 타입과 그 대응법을 소개했다. 이번에는 비교적 대화하기 쉬운 타입의 사람들과 그 대응법을 이야기해 보겠다. 그러나 아무리 쉬운 상대라도 이쪽이 성실한 태도를 보이지 않는다면 결코 원만한 대화가 이루어질 수 없다는 사실을 명심해야 한다.

기분파

성격적으로 대인 관계가 뛰어나고 남의 일에 나서기를 좋아한다. 특히 아이 같은 천진난만형 타입도 많다. 일반적으로 꼬임에 쉽게 넘어가고 남의 부탁을 거절하지 못하는 타입이다. 그러나 감정의 기복이 심해서 기분이 좋을 때는 자신이 모든 것을 책임질 것처럼 행동하다가도 그 순간이 지나면 언제 그랬냐는 듯 등을 돌리기도 한다. 이런 타입을 상대할 때는 조금 과장해서 상대의 재능이나 흥미를 실제 이상으로 높게 평가해 주어야 한다.

"당신을 신용하기에 부탁하는 겁니다."

"무척 곤란한 지경입니다. 꼭 부탁합니다."

이런 식으로 상대를 치켜세워 주면서 대화를 이끌어 나가면 효과적이다. 사무실이 아닌 레스토랑에서 식사를 하거나 분위기 좋은 바에서 술을 마시며 상담을 하면 더 큰 성과를 얻을 수 있다.

원만한 사람

부드러운 인상에 사물에 대한 이해력도 좋은 원만한 이미지의 타입이다. 일견 흠잡을 데 없는 사람처럼 보이지만 사실은 상대하기 까다로운 타입이다. 좀처럼 자신의 성격을 드러내려 하지 않기 때문이다. 이쪽의 이야기나 요구를 이해하는 것 같은 표정을 짓지만 결과는 영다른 방향으로 어긋나는 경우가 많다. 대화를 할 때 잡담과 본제의 구분을 확실히 해서 일단락을 지어야 한다.

'그런데 오늘의 용건입니다만…', '대단히 중요한 용건입니다만' 하는 식으로 지금부터 중요한 이야기를 할 것이라는 인상을 상대에게 심어주어야 한다. 또 이야기의 중요성을 깨닫게 하기 위해서는 '이 건에 관해 꼭 의견을 듣고 싶습니다' 하는 식으로 상대의 의견을 독촉하는 것도 효과적이다. 늘 온화한 표정에 미소로 이쪽의 이야기를 들어

주지만 정반대의 결과가 생길 수도 있으니 주의해야 한다.

바람기가 있는 사람

일상생활에서 욕구 불만이 있고 이성에 대한 관심이 높다. 개방적이며 섹스에 관련된 이야기를 좋아한다. 사물에 대한 이해력도 좋고 업무에 관한 상담도 비교적 어려움없이 진행된다. 이쪽에서 먼저 속 깊은 이야기를 꺼내면 상대도 자신의 속내를 드러낸다. 그러나 낮의 얼굴과 밤의 얼굴이 다른 면도 있다. 신사 중의 신사처럼 행동을 하지만 술집만 가면 완전히 다른 사람처럼 태도가 변하는 사람도 많다. 일상적인 대화에는 지장이 없지만 겉으로는 정중한 척하면서도 속은 그렇지 않은 음험한 면이 있으니 조심해야 한다. 이쪽의 조그만 실수에도 관대하지 못하기 때문이다.

성급한 사람

이런 타입의 사람은 상대에게도 기민한 행동을 강요한다. 그 페이스에 말려들면 앞뒤 생각할 겨를 없는 사이에 손해를 볼 수도 있다.

약속 장소도 서서 이야기할 수 있는 곳이나 자신의 회사로 정하고, 대화를 하면서도 무엇인가 다른 일을 하는 경우가 많다. 이런 타입의 사람과 대화를 할 때는 차분하게 앉아서 이야기할 수 있는 장소를 골라야 한다. 또 대화 중의 포인트가 되는 요건은 전부 메모를 하라. 아니면 메모를 하는 시늉이라도 내면 상대는 신중해 지고 대답도 조심스러워진다.

대화의 페이스를 잡았다고 생각하면 서두를 필요 없다. 성급한 사람과 대화를 할 때는 반드시 서두르지 않고 냉정한 응대를 하는 것이 비결이다. 그러나 대화의 페이스를 너무 늦추면 오히려 역효과를 볼 수 있으니 페이스 조절이 필수다.

자신이 일방적으로 이야기를 하는 것이 세일즈 토크라고 착각하는 세일즈맨이 많다. 상품을 팔기 위한 테크닉이라고 항변을 하지만 고객의 이야기는 그저 형식적으로 듣는 척만 할 뿐이다. 말을 잘하는 사람은 남의 말도 잘 듣는다고 했다. 남의 이야기를 듣는다는 것은 단지 자신의 귀에 들어온 소리를 오른쪽에서 왼쪽으로 흘려보내는 것이 아니다.

『사람의 마음의 독심술』의 저자 E.페이세는 '귀뿐만 아니라 눈과 어깨, 얼굴과 손으로 들으려 하는 노력이 필요하다' 고 했다.

상대가 무엇을 기대하고 있는지, 무엇을 찾고 있는지를 아는 것이 정말로 '이야기를 듣는 것' 이라는 것이다. 상대의 이야기를 듣고 그 말속에 들어 있는 심리를 이해한다면 이쪽의 이야기를 전달하는 데 훨씬 효과적이다. 바꿔 말하자면 상대가 무엇을 바라고 있는지를 알지 못하면 세일즈맨으로서의 자격이 없다는 것이다.

당연하다. 그렇기에 상대의 이야기를 잘 들어야 한다. 상대의 이야

기를 듣지 않는 사람은 자신의 주관만으로 상대를 판단하기 때문에 상대의 환경에 대한 객관적 판단이 미흡하다.

예를 들어보자. 상사가 부하 직원을 불러 부탁을 했다.

"인쇄소에 가서 내일 3시까지 명함을 만들어달라고 부탁 좀 해 주지 않겠나?"

부하 직원은 그 길로 인쇄소로 달려가 명함을 주문했다. 그런데 공교롭게도 명함이 완성되려면 3일은 걸린다는 것이다. 이때 부하직원이 상사에게로 가서 '3일은 걸린다고 합니다' 하고 말을 한다면 그는 상사에게 호된 질책을 당할 게 뻔하다. 만약 그가 그런 상사에 대해 불만을 갖거나 반감을 갖는다면 그것은 그의 잘못이다. 상사가 다음날 3시까지 명함이 필요한 이유는 중요한 비지니스 때문일 수도 있고, 회사에 관계된 사람과의 중요한 약속이 있기 때문인지도 모른다. 그런데 부하 직원이 인쇄소의 입장만을 그대로 상사에게 전달하는 태도는 비지니스맨으로 용납될 수 없는 것이다. 한마디로 분별력이 없다는 증거다.

상대로부터 신용을 얻기 위해서는 단지 지시받은 것만을 그대로 실행하는 것으로는 충분하지 못한 경우가 있다. 업무의 내용에 따라 상대의 입장에 맞추어 행동해야 신뢰를 얻을 수 있는 것이다. 또 상대에게 자신의 의견이나 생각을 적극적으로 말하고 상대의 의견을 비판하는 것도 신용을 획득할 수 있는 방법 중의 하나다.

'손님은 왕'이라는, 창업자 스텟트라의 지론을 충실히 지키고 있는 미국 최대의 호텔 아스토리아 호텔의 경우 접객법 등 종업원 훈련에 매우 엄격하다. 예를 들어보자. 호텔 내 레스토랑에서 어느 손님이 주문을 했다.

"비프스테이크를 미디움으로 구워주게."

잠시 후, 종업원은 손님이 주문한 비프스테이크를 식탁에 정중히 올려놓았다. 그러자 그 손님은 벌컥 화를 내는 것이었다.

"아니, 미디움이잖아? 난 웰던으로 주문을 했어!"

억지도 이런 억지가 없다. 그러나 이런 경우 종업원은 웃는 얼굴로 '손님, 죄송합니다. 지금 즉시 새로 내오겠습니다' 하고 말하지 않으

면 안 된다. 매사를 손님 중심으로 처리해야 한다. 객실의 시설이 아무리 좋다고 해도 종업원의 사소한 말 한 마디로 손님이 기분을 상하게 된다면 호텔의 신용도에 치명적인 타격을 받게 되기 때문이다.

사실 나 자신도 미국 체재 중에 호텔 측의 친근한 대응에 감동을 받은 경험이 있다. 룸에서 외부에 전화를 걸기 위해 오페레터에 '5303(화이브. 쓰리. 제로. 쓰리) 부탁합니다' 하고 말했더니 오페레터에서 '화이브. 쓰리. 제로. 쓰리 말씀이십니까?' 하고 반복하며 내가 말한 번호를 정확하게 상기시켜 주는 것이었다. 다음날 시험 삼아 '화이브 사우전드 쓰리 헌드레드 앤드 쓰리' 하고 말했더니 역시 '화이브 사우전드 쓰리 헌드레드 앤드 쓰리 말씀이십니까?' 하고 또박또박 반복해 주는 것이었다. 비록 발음이 어설프고 읽는 법이 틀려도 손님이 말한 대로 반복해서 말해 주는 교육이 철저하게 되어 있었던 것이다. 그때 내가 받은 감동을 도저히 잊을 수가 없어 지금도 미국에 출장 가는 일이 있으면 꼭 그 호텔에 여장을 풀곤 한다.

이렇게 사람은 사소한 감동 하나에도 상대에게 진한 친밀감을 갖게 되는 것이다.

당신이 여성이라면 잠깐 동안만 옛날의 기억을 돌이켜 보자. 남성이라면 조금 귀찮겠지만 자신이 여자라고 가정하고 여자가 된 기분으로 생각해 보자.

지금 여고 시절로 되돌아갔다고 하자. 그러니까 당신은 지금 여고생이다. 학교에는 정해진 교복이 있어 당신은 어쩔 수 없이 교복을 입어야만 한다. 그런데 이 교복이 디자인은 그럭저럭 봐줄 만한데 스커트 기장이 너무 길어서 불만이다. 자, 이럴 때 당신이라면 어떻게 할까?

'정해진 교복이니 그냥 입을 수밖에 없다', '선생님에게 불만을 말한다', '학생들을 선동해 서명 운동을 한다', '전학 간다', '짧게 잘라 입는다' 등 여러 의견이 있을 것이다. 요즘에는 교복 스커트를 짧게 입는 여고생들도 많지만 당신이 여고생이었던 시절엔 그냥 그대로 입는 학생이 대부분이었을 것이다.

'아무튼 싫다'고 하는 사람이라도 불쑥 전학을 가거나 스커트의 길이를 줄이기 위해 선동을 획책하는 사람은 거의 없었다. 기껏해야 스커트의 길이를 조금 짧게 줄이는 정도에서 그쳤다.

스커트의 길이를 조금만 줄여도 그것을 입은 사람의 인상은 변한다. 대부분의 학생이 참고 있는 상황에서 '짧게 잘라 입는다'고 대답한 당신은 상당히 돋보이고 싶어하는 사람임에 틀림없을 것이다.

기업에서도 사람의 성격을 판단하는 기준으로 복장에 관한 체크 항목을 설정해 '협조성이 있는가?', '자기중심형은 아닌가?' 등을 입사 시험 때 조사하는 경우도 많다.

또 회사나 학교에서 단체 사진을 찍을 때 보면 다른 사람들과 다른 포즈를 취하는 사람이 있다. 의식적으로 튀고 싶어하는 사람이다. 그런 타입의 사람은 '다른 사람의 눈에 보이는 나'를 상당히 의식하고 있다. 어떻게 하면 '남들보다 더 돋보일 수 있을까?' 하는 생각을 늘 하고 생각한 것을 실제로 행동에 옮기는 것이다. 그런 심리가 좀 더 발전하면 눈치가 빠른 영민한 사람이 되거나 아니면 자기 현시욕(自己顯示慾)이 강한 사람이 되어버린다.

독재자 '아돌프 히틀러'의 어린 시절 사진을 보면 쉽게 이해가 된다. 어린 시절의 그는 사진을 찍을 때마다 항상 다른 아이들과는 다른 그만의 독특한 포즈를 취했던 것이다.

일반적으로 사람은 많게 혹은 적게 자신의 독자성을 의식하고 있다. 그렇기에 자기 개인의 오리지널리티를 전제로 삼아 주위를 보고 있다. 그것은 타인과는 다른 자신을 강조하고 싶어하는 기분의 표현으로 인간인 이상 누구에게나 잠재의식 속에 욕구로서 내재되어 있다. 이 욕구를 심리학에서는 유니크네스 욕구라고 한다.

거리를 걸어가고 있을 때 만일 자신과 똑같은 옷을 입은 사람과 마주쳤다면 당신은 어떻게 할 것인가? '피한다'고 대답하는 사람이 대부분일 것이다. 그런 행위 자체가 누구나 유니크네스 욕구를 가지고 있다는 사실의 증명인 것이다.

대인 관계의 제일보(第一步)는 만나서 3분 안에 결정된다. 상대에게 주는 첫인상의 이미지에 따라 그 후의 인물 판단이 결정되어진다고 해도 과언이 아니다. 연애나 비지니스에서 잘 나가는 파트너는 피차 서로의 첫인상이 좋았기 때문에 가능했던 것이 아닐까? 반대로 껄끄러운 관계라면 피차 첫인상에 그다지 호감을 갖지 못했던 것이 이후의 관계에 악영향을 끼쳤을 가능성도 배제할 수 없다.

이 첫인상은 얼굴이나 태도에서 느껴지는 것과 말에서 느껴지는 것의 두 종류가 있다. 여기서는 말에 의해 인상이 변하는 경우를 이야기해 보자.

예를 들어 당신이 친구인 A군에게 여자 친구를 소개받을 때 A군이 당신을 소개하는 말을 다음과 같이 했다고 생각해 보자.

1. 그 친구는 패기가 부족한 것이 흠이지만 성실하고 온화한 성격에 만능 스포츠맨이죠. 특히 테니스에 일가견이 있습니다.

2. 그 친구는 온화한 성격에다 만능 스포츠맨입니다. 특히 테니스

를 잘하죠. 성실한 친구입니다만 조금 패기가 부족한 것이 흠이지요.

3. 그 친구는 만능 스포츠맨에다 냉철하고 성실한 친구입니다. 조금 패기가 없는 것이 흠이긴 하지만……

자, 당신은 1~3의 예문 중 어느 것이 가장 마음에 드는가? 3에 덧붙여진 '냉철' 외에는 말하는 순서만 다를 뿐 요소는 거의 같다. 그러나 1항과 3항은 A군이 마치 당신이 그녀에게 거절당하게 하려고 하는 말처럼 들린다.

회화는 말의 순서가 가장 중요하다. 이야기하려는 요소가 같다고 해도 순서가 다르면 상대에게 주는 인상은 전혀 다를 수 있기 때문이다.

1의 예처럼 패기가 없다는 결점을 처음에 말해 버리면 뒤에 어떤 장점을 말하더라도 듣는 사람은 별로 좋은 인상을 받지 못한다. 반대로 2의 예처럼 단점을 뒤에 말하고 장점을 먼저 말하면 똑같은 결점이라도 상대는 별로 중요한 것이 아니라는 인상을 받게 되어 온화한 만능 스포츠맨이라는 인간상이 먼저 떠오른다.

처음에 나오는 말의 인상이 나중에 나오는 말의 인상까지도 바꿔 버린다. 처음의 말이 전체의 인상을 형성하는 이런 현상을 심리학 용어로 초두 효과(初頭效果)라고 한다.

또 3의 예문에서는 온화하다는 말 대신에 '냉철'이라는 말을 사용했다. 사람은 따뜻하다, 차갑다, 이런 촉감적인 표현에 대단히 민감하다. 그렇기 때문에 '냉철'이라는 말을 사용함으로써 상대에게 '차갑다'는 인상을 주게 되는 것이다.

'그는 지적이고 결단력있는 남자입니다' 하고 소개하는 것보다 '그는 온화한 인품에 지적이고 결단력이 있는 남자입니다' 이렇게 소개하는 것이 훨씬 더 상대에게 친근하게 다가설 수 있다. 이것은 '지적'이라는 낱말 속에는 '차갑다'는 인상이 포함되어 있기 때문에 '온화'라는 말을 앞에 넣어서 '차갑다'는 이미지를 해소시켜 버린 것이다.

이것과는 반대로 심리학 용어 중 '게인(획득)-로스(손실) 효과'가 있다. 이것은 앞의 논리와는 정반대의 것으로 앞에서 비방하고 뒤에서 칭찬하는 방법이다. 예를 들어 여자를 유혹할 때 '당신은 버릇이 없긴 해도(비방) 영화 배우 닮았단 말 자주 듣지 않습니까?(칭찬) 스타일은 모델 뺨치고(칭찬), 이렇게 먼저 마이너스 요인을 평가하고 그 후에 플러스 요인을 드러내는 것으로 상당한 효과를 거둘 수 있다.

그러나 조심해야 할 것은 처음에 칭찬하고 뒤에 비방하는 형식은 아예 처음부터 끝까지 비방만 하는 것보다도 오히려 더 상대가 싫어할 수 있다. 중요한 것은, 처음에 상대가 마이너스 평가로 충격을 받았다면 그 이후의 칭찬하는 말에 '드디어 정당한 평가를 받았다'는 안도감을 갖게 되어 말이 가지고 있는 본래의 의미 이상의 효과가 나타난다는 것이다. 제로에서 플러스보다도 마이너스에서 플러스의 낙차가 더 크다. 또한 그 낙차의 폭은 당신을 향한 호의로 고스란히 되돌아올 것이다.

　　우선 본론으로 들어가기 전에 간단한 테스트를 해보자. 다음에 제시한 여섯 개의 문장을 잘 읽어보라. 문제가 어려워서 잘 모르겠다고 대답하는 사람도 있을지 모르겠다. 그러나 이 여섯 개의 문항 가운데 맞는 내용의 문항은 단 하나밖에 없다. 그것은 어느 것일까? 맞는 문항의 번호에 O표를 해보자.

　　1. 일본에서 가장 많은 성씨는 사또(佐藤)다.

　　2. 독일의 문호 괴테의 지능 지수는 250이다.

　　3. 괄태충(연체동물로 달팽이처럼 생겼으나 껍데기가 없다)에 소금을 뿌리면 몸을 움츠리지만 설탕을 뿌리면 움츠리지 않는다.

　　4. 후지산의 정상에서 물을 끓일 때 120도가 돼야 끓는다.

　　5. 요시다 전 수상은 아끼는 세 마리의 개에게 각각 '로즈', '앤', '제리' 라는 이름을 붙였다.

　　6. 사람은 일반적으로 1분 동안에 20회 눈을 깜박인다.

　　자, 어떤가? 우선 하나씩 순서대로 답을 찾아보자.

1. 일본에서 가장 많은 성은 스즈끼(鈴木)다. 그러므로 정답이 아니다.

2. 괴테의 IQ는 200이었다. 역시 정답이 아니다.

3. 굴태충은 설탕에도 반응을 보이므로 X.

4. 후지산 정상에서의 비점은 88도, 당연히 정답이 아니다.

5. 개의 이름은 '샘', '후랜', '시스코'로 역시 X.

6. 정답은 10회. 역시 X다.

'역시!' 하며 고개를 끄덕이는 사람도 있을 것이고, '뭐야?' 하며 고개를 갸우뚱하는 사람도 있을 것이다. 다시 말해 맞는 문항이 하나도 없다는 것이 정답이다. 사기? 아니다. 당신이 이 문제의 함정에 빠진 이유는 당신이 우유부단한 성격에 많은 사람의 의견에 좌우되기 쉬운 타입이기 때문이다. 사기를 당하거나 속임수에 걸려들기 쉬운 성격이니 주의가 필요하다. 그런데 여기서 하나 말하고 싶은 것은 남에게 속기 쉬운 타입이라고 해서 단순히 우유부단한 성격 탓만은 아니라는 것이다. 그런 타입의 사람들을 잘 관찰해 보면 돈이나 명예,

섹스 등에 대한 욕망이 강한 사람이 대부분이다. 자, 그 전형적인 예를 소개해 보겠다.

욕심형

일확천금에 관한 이야기나 부정한 방법으로 큰돈을 번 이야기에 귀를 기울인다. 사업상의 사기를 당하기 쉽다.

부주의형

주의력이 부족하다. 푼돈 사기범이나 빈집 털이범의 먹잇감이다.

명예욕형

명예나 지위에 대한 집착이 강하다. 횡령이나 권력형 사기에 주의해야 한다.

성욕형

남성은 유흥업소의 여성에게 성의 욕구가 강하고, 여성은 결혼 사기에 당하기 쉽다.

　이것은 프랑스에서 실제로 있었던 이야기다.

　파리의 도심가에 한 정육점 주인이 있었다. 근검 절약의 도를 넘어선 지독한 구두쇠로, 그 인색함 덕분에 많은 재산을 모을 수 있었다. 어느 날, 정육점에 12세 정도의 소녀가 고기를 사러 왔다. 고기 값을 내려던 소녀는 지갑을 잊고 왔다며 들고 있던 낡은 바이올린을 맡겨놓고 지갑을 가지러 집으로 돌아갔다. 그로부터 30분 뒤 이번에는 노신사 한 사람이 고기를 사러 왔다. 1킬로그램의 소고기를 산 뒤 값을 치르고 가게문을 나서려다 의자 위에 아무렇게 놓여져 있는 바이올린을 보게 되었다. 그것을 손에 들고 한동안 보던 노신사는 감격에 겨운 목소리로 이렇게 말하는 것이었다.

　"훌륭해! 이것은 '스트라 디베리우스'라고 하는 세계적인 명품이다. 50만 프랑에 이것을 나에게 팔 수 없겠소?"

　50만 프랑이라는 말에 주인은 입이 떡 벌어졌다. 노신사는 바이올린을 자기에게 팔라고 사정사정을 했다. 50만 프랑, 장난이 아니다. 그러나 주인의 입장에서는 바이올린이 자기의 것이 아니기 때문에 입맛만 다실 뿐 함부로 팔 수 없었다. 그때 주인은 속으로 하나의 꾀를 생각해 냈다. 자신이 소녀에게 바이올린을 산 뒤 노신사에게 되팔아야겠다고 생각했던 것이다.

"내일 9시에 한 번 더 와주시겠습니까? 그때 팔겠습니다."

노신사를 돌려보내고 조금 지나자 지갑을 든 소녀가 돌아왔다. 소녀는 고기 값을 치른 뒤 바이올린을 들고 돌아가려고 했다. 그러자 주인이 소녀에게 말을 꺼냈다.

"그 바이올린을 나한테 팔지 않겠니? 음, 낡고 볼품은 없지만 연습용으로는 쓸 수 있겠구나. 마침 내 아들이 이제 막 바이올린을 배우기 시작했거든."

그러자 소녀는 빙그레 웃으며 '좋아요' 하고 대답했다.

'성공이다!'

주인은 내심 쾌재를 부르며 선뜻 5만 프랑을 바이올린 값으로 소녀에게 주었다. 노랭이 주인에게 5만 프랑이면 대단한 거금이지만 그래도 노신사에게 50만 프랑에 팔면 45만 프랑은 그냥 벌어들이게 되는 것이니 주인이 쾌재를 부르는 것은 지극히 당연했다. 다음날 주인은 부푼 마음으로 노신사를 기다렸다. 그러나 9시가 지나고, 10시가 지나고, 정오가 되어도 노신사는 오지 않았다.

"속았다!"

뒤늦게 자신의 어리석음을 후회해 보았지만 이미 때는 늦었다. 지나친 욕심이 그만 화를 불러들였던 것이다.

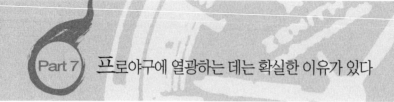
일본 스포츠의 메인이 되어버린 프로야구. 사람들은 왜 프로야구에 열광하는 것일까? 식을 줄 모르는 프로야구의 인기 비결은 무엇일까? 같은 스포츠인 축구나 럭비, 농구와 결정적으로 어떤 차이가 있는 것일까?

"선수의 수와 규칙이 다르다."

이것은 비단 프로야구뿐만 아니라 모든 스포츠에 해당된다. 자, 그렇게 간단하게만 생각할 것이 아니라 다른 스포츠의 특성과도 비교하며 생각해 보자.

축구나 럭비, 농구는 정해진 시간 내에 승부를 가리는 스포츠다. 다시 말해 시간 제한이 있다는 것이다. 그러나 야구는 아웃을 세 번 잡는 것에 의해 공격과 수비가 바뀌는 스포츠이기에 기본적으로 시간에 신경 쓸 필요가 없다(일본 프로야구의 경우 연장전의 시간 제한은 있지만 미국의 리그엔 시간 제한이 없다). 또 몇 점 차가 벌어지든 기적의 역전승이 가능하다. 우선 축구의 경우 최후의 5분 동안에 5점 차를 극복하기란 거의 불가능하다. 그러나 야구에서는 5점 차도 9회 말 역전 가능성은 충분하다. 관중은 바로 이런 기적을 기대하는 것이다.

  야구는 투 아웃부터라는 말처럼 최후까지 승패를 알 수 없다. 역전할지도 모른다는 즐거움을 최후까지 보증해 주는 것이다. 이 기적에 대한 기대감이 일본인들이 프로야구를 좋아하게 된 하나의 요인이 된 것이다.

  정말로 일본인처럼 프로야구를 좋아하는 국민은 없다. 어린아이부터 노인에 이르기까지 다양한 층의 사람이 프로야구에 열광하고 있다. 가정에서는 물론 학교나 회사에서도 늘 프로야구가 화젯거리다. 자신이 응원한 팀이 진 다음날엔 기분이 나빠 일이 제대로 손에 잡히지 않는다고 하는 사람도 결코 적지 않다. 출퇴근 시간의 전차 안에서 스포츠 신문의 야구 관련 기사를 읽는 데 열중해 있는 샐러리맨을 쉽게 볼 수 있고, 시즌이 아니더라도 프로야구에 관련된 화제가 매스컴에 오르지 않는 날은 거의 없을 정도다.

  또한 프로야구 팀은 엄한 규율이 있는 집단이라는 점이 일본인의 사고에 합치하고 있다. 일본의 사회 집단은 대부분이 군대를 모델로 하고 있다. 감독을 위시해 코치, 선수가 엄한 규율 속에서 상하 관계를 형성하고 있는 구단은 군대의 이미지 바로 그 자체이다. 우수한 감독을 '명장(名將)', '지장(智將)'이라고 부를 정도로 군에서 쓰는 표현이 많이 사용되어지고 있다. 연공 서열 사회이자 상하 관계를 중시하는 일본인의 시각에서 볼 때, 프로야구에 내재된 조직적 특성은 대단히 바람직한 것이다.

일본인이 프로야구를 좋아하는 또 다른 이유가 있다. 그것은 직장 등 조직 사회에서의 인간관계에 부담없이 공유할 수 있는 화제를 제공해 주기 때문이다. 직장인 두 사람 이상이 모인 곳에서는 자연스럽게 프로야구가 화제로 떠오른다. 인생이나 문학을 논하거나 국제 관계나 정치에 관해 논해봐야 피차 피곤하기만 할 뿐이다. 상사는 위에서 짓누르고 후임은 밑에서 치고 올라오는 긴장의 연속인 직장 생활, 사방팔방으로 신경 써야 할 곳이 한두 군데가 아닌 직장인들에게 있어서 부담없이 한숨 돌릴 수 있는 여유있는 화제가 바로 프로야구인 것이다.

또 개인의 존재가 아예 무시당하고 있는 거대한 관리 사회의 일원
인 현대인은 막중한 스트레스를 받으며 하루하루를 생활하고 있다.
이런 때 나이트 게임의 관전은 스트레스 발산에 최적이라 할 수 있다.
응원석에 앉아 있기만 해도 모르는 사람들과 함께 같은 야구팬의 입
장에서 게임에 열광할 수 있고, 일체감과 친밀감을 느낄 수 있기 때문
이다.

또한 구장에서 스포트라이트를 받는 스타 선수들은 스트레스를 받
고 있는 무력한 직장인들의 욕구 불만을 대신해 마음껏 활약해 주는
'현 시대의 영웅' 이기도 하다. 이렇듯이 야구장은 현실에서 쌓인 스
트레스의 배출구를 갈구하는 샐러리맨의 오아시스적인 존재이다.

일본인이 프로야구에 열광하는 국민이 된 것은 이런 심리적 이유에
의한 요인이 크게 작용했을 것이다.

Part 8

돈을 그냥 준다는 데 싫다는 건 왜일까?

당신이 회사 동료에게서 이런 부탁을 받았다고 하자.

"이번 달엔 자동차 할부 대금 때문에 무척 힘들어. 미안하지만 10만 원만 빌려줘. 한 달 뒤에 반드시 3만 원의 이자를 붙여서 갚아 줄 테니까."

그런데 상대는 평소에 친하게 지내는 사람도 아니고, 그저 직장 동료일 뿐이다. 그러나 10만 원을 빌려주는 것만으로 3만 원의 이자를 받을 수 있다면 은행 이자보다도 훨씬 조건이 좋다. 이럴 때 당신이라면 어떻게 하겠는가?

만일 여기서 눈앞의 이익만을 생각해 돈을 빌려준다면 대부분은 속는 것이다. 냉정하게 생각해 보라. 이상하다고 생각되는 게 당연하다. 왜냐하면 이자를 받을 수 있을지도 확실히 모르는 상황이기 때문이다. 월 삼 할의 이자는 법률로 금지되어 있다. 상대가 지불하지 않는 경우 그것을 청구할 법률상의 근거가 없을 뿐 아니라 위법 행위로 간주되어 오히려 당신이 처벌을 받게 될 수도 있는 것이다.

이런 사실을 염두에 두고 다음의 문항을 읽어보기 바란다.

Q. 어느 날 유명한 프로 마작사인 K씨는 평소와 달리 가진 돈을 전부 잃고 말았다. 그는 수모를 감수하고 주위를 둘러보며 이렇게 말했다.

"죄송하지만 누군가 저에게 10만 원만 빌려주지 않겠습니까?"

그러자 3인의 남성이 돈을 빌려주겠다고 나섰다.

A : 이 돈은 그냥 드리지요.

B : 돈을 따게 되면 반드시 돌려주십시오.

C : 빌려주긴 하겠지만 조금이라도 이자를 붙여주십시오.

자, 그렇다면 K씨는 과연 이 세 사람 가운데 누구에게 돈을 빌렸을까?

이것은 '포커 게임의 칩 대차(貸借)'라고 불리는 테스트로, 거의 같은 조건으로 각국에서 심리학 실험이 행해진 바 있다. 이 실험의 결과로 미국, 스웨덴, 일본 등 대부분의 나라에서 B처럼 '빌려준 돈과 같은 액수를 돌려받겠다'고 하는 조건을 제시한 인물이 사람들에게 가장 호감을 받는 타입이라는 사실을 알게 되었다. C씨처럼 '이자를 붙여서…' 하는 사람은 스웨덴의 일부 지역에서는 호감을 얻기도 했지만 다른 나라에서는 가장 싫어하는 경향이 두드러졌다. 빚에 대한 국민성의 차이가 확연히 드러나는 대목이다.

그리고 어느 나라를 막론하고 공통적으로 가장 싫어하는 타입은 그냥 주겠다고 한 A와 같은 인물이다. 왜 아무 조건 없이 10만 원을 주겠다고 한 기분파 A를 싫어하는 것일까? 사람은 '교환 조건이 없는 선물'에 대해서는 상당한 경계심을 갖게 마련이다. A는 상대에게 어떤 조건도 제시하지 않아 부담을 주지 않았지만, 그 점이 오히려 상대를 불안하게 하는 것이다.

또한 이 테스트의 경우 K의 심리는 이렇게 판단할 수 있다.

'A의 돈을 쓰면 지금 당장은 도움이 되지만 언제 어떤 식으로 빚을 갚으라고 요구할지 모른다. 혹시 돈을 준 뒤에 속임수 마작으로 자신을 이기게 해달라는 요구를 할지도 모르고, 이런 사람의 돈을 그냥 쓴다는 것은 위험한 일이다.'

즉, '돈을 갚지 않아도 된다'고 하는 일방적인 제안을 받는 순간, 돈 대신 다른 것으로 갚으라고 강요하는 듯한 느낌을 은연중에 받게

되는 것이다

당신이 누군가에게 선물을 할 때엔 적어도 '왜 내가 당신에게 이것을 선물하는지'를 상대에게 납득시켜야 한다. 그렇지 않으면 호의를 베푼 당신이 오히려 상대의 경계 대상이 될 수 있다. 또, 명분이 확실하더라도 상식에 어긋나는 고가품을 선물하는 경우에도 역시 상대에게 의혹을 받을 가능성이 높다.

Part 9

낙서는 관리 사회에 얽매인 젊은이들의 스트레스 배출구인가?

낙서엔 무의식적으로 하는 것과 의식적으로 하는 것의 두 종류가 있다.

통화를 하거나 사람과 대화를 하면서 하는 의미없는 낙서는 무의식적인 것이다. 의미도 없는 숫자를 늘어놓기도 하고 반복해서 선을 긋기도 하고, 원을 그린다든지 꽃잎을 그리는 사람도 있다.

그러나 의식적인 낙서의 경우 사정은 좀 다르다. 그 대표적으로 어디를 가더라도 사적이나 기념물, 사원 등지에 낙서가 되어 있는 것을 쉽게 볼 수 있다.

이런 낙서를 하는 심리적 이유는 역사의 자취에 어떻게든 자신을 연관시켜 보려는 마음(어차피 자신은 역사에 남을 인물이 되지 못하기 때문에 죽으면 그저 잊혀지는 인간이다. 그래서 유명한 사적에 자신이 살아 있는 증거를 남기고 싶어하는 기분)과 거대한 건축물에 낙서를 하는 것으로 동일화를 꾀해 자신이 위대해진 듯한 기분(이름이나 자기 나름의 기호나 그림을 그리는 것으로 그 건축물을 소유했다는 만족감에 가까운 기분)을 느끼고 싶어하기 때문이다.

뉴욕의 지하철 역 벽의 낙서는 '월 페인팅'이라고 불리는 하나의 문화처럼 인식되어지고 있다. 최근에는 동경에도 그런 월 페인팅이 등장해 젊은이들의 거침없는 자기 표현의 장이 되고 있다. 또, 벽이나 건조물 등에 무엇을 쓰거나 그리는 것만이 낙서가 아니다. 예를 들면 라디오 심야 프로에 엽서를 보내는 것(投書)도 일종의 낙서라고 할 수 있다. 그런 엽서들 중에는 글뿐만 아니라 간단한 그림을 첨가한 재미있는 것이 많다.

투서(投書)가 낙서와 닮은 점은 그것을 보낸 사람에게는 자기 표현의 게임이라고 할 수 있기 때문이다.

자신이 보낸 엽서를 라디오 프로의 진행자가 볼 것이라는 전제하에 '이것을 보면 깜짝 놀라겠지' 하는 기대감을 가지고 쓴다. 이것을 심리학에서는 갈채원망(喝采願望)이라고 한다.

낙서는 젊은이의 솔직한 심정을 거침없이 표현할 수 있는 장을 제공해 준다. 예전부터 일기가 그 역할을 담당해 왔으나 요즘에는 예전처럼 일기를 쓰는 사람이 많지 않은 것 같다.

원시 시대 '알타미라의 동굴'에 그려진 벽화가 낙서인지 아닌지 진위가 밝혀지지는 않았지만 수험 전쟁에서 고통을 받고 거대한 관리 사회에 얽매여 사는 젊은이들에게 있어서 낙서는 적당한 스트레스의 배출구라고 할 수 있겠다.

사람은 자신의 몸 주위에 자신이 쾌적함을 유지하는 데 필요한 최소한의 공간, 즉 타인의 침입을 거부하는 금지 구역을 가지고 있다. 예를 들어 전차를 탔을 때 자리가 많이 비어 있음에도 다른 사람의 바로 옆 자리에 앉는다면 상대는 반드시 불쾌한 표정을 지을 것이다. 그 이유는 당신이 상대의 구역을 침입했기 때문이다.

심리학 용어로는 '퍼스널 스페이스' 라고 한다. 그 구역에 타인의 침입을 받게 되면 왠지 모르게 불안하기도 하고 불쾌감을 느끼기도 하는 것이다.

퍼스널 스페이스의 범위는 연령과 성별, 성격에 의해 다르지만 특히 상대와의 관계에 의해 큰 차이가 있다. 친한 사람과는 퍼스널 스페이스의 범위가 좁혀지지만 신경 쓰여지는 사람이나 싫은 상대에 대해서는 그 범위가 넓어진다.

당신이 그녀를 좋아한다면 퍼스널 스페이스를 응용해 그녀의 기분을 은밀히 확인해 볼 수 있다.

구체적인 방법으로, 대화를 하면서 슬쩍 반 보 정도 그녀에게 다가서는 것이다. 그때 그녀도 같이 다가선다면 당신에게 호의 이상의 연애 감정을 품고 있다는 증거이며, 아무런 움직임도 없이 그대로 있다면 당신에게도 가능성이 있다는 증거다. 그러나 당신이 다가섰을 때 그녀가 반 보 뒤로 물러선다면 지금 이상의 관계는 바라지 않는다는 의미가 된다.

조금 더 설명을 하자면 이것은 미국의 사회학자 '딘 아쳐'가 '보디 랭귀지'의 연구를 위해 실행한 실험을 근거로 한 것이다. 이 실험은 또한 연인 사이, 부부 사이에도 그 나름대로의 거리가 존재한다는 것을 말해 주고 있다. 그러나 대인 관계에 대단히 둔감한 사람에게는 이런 논리가 통용되지 않을 수도 있다.

또 심리학에서는 공간의 거리뿐 아니라 정신적인 거리를 측정하는 것으로도 상대의 기분을 확인할 수 있다. 예를 들어 당신이 일부러 그녀가 좋아하지 않는 외국 가수의 콘서트에 같이 가자고 했을 때, 그녀의 대답 여하에 따라 당신과의 거리와 역관계(力關係)까지도 알 수 있는 것이다.

1. 사실은 저도 그 사람 좋아해요. 꼭 데리고 가주세요.
2. 그 사람은 싫어요. 다른 기회에 같이 가요
3. 그 사람은 싫지만 당신과 함께라면 좋아요.

그녀가 그 가수가 좋다고 거짓말을 한 이상 당신과의 관계는 보장된다. 그러나 좋아하지도 않는데 좋아한다고 거짓말을 하는 것에 대해 마음의 갈등이 생긴다. 이것을 심리학 용어로 접근(회유)의 갈등이라고 한다.

1과 같이 대답한 그녀는 타인의 얼굴색에 지나치게 신경 쓰는 타입이다. 무사 안일주의의 경향이 눈에 띄고, 대인 관계에서 스트레스를 받기 쉬운 타입이다. 그녀와의 역관계는 단연 당신 쪽이 위다. 그녀는 당신이 생각하고 있는 이상으로 당신에게 빠져 있다. 당신의 사랑을 받기 위해 애쓰는 태도가 역력하다.

2와 같이 대답한 그녀는 비록 대인 관계에서 손해를 보는 한이 있어도 자신의 취미를 포기하거나 신념을 굽히지 않는 타입이다. 그러나 자기 본위에 치우칠 위험성이 있다. 역관계를 말하자면 그녀가 압도적으로 주도권을 잡고 있다. 혹은 서로의 신뢰 관계를 확립해 나가고 있는 상태일 수도 있다.

3은 1과 2의 중간 타입이다. 자신이 상처를 받는 것도 상대에게 상처를 입히는 것도 원하지 않는다. 좋게 말하면 임기응변이 뛰어난 타입이고 나쁘게 말하면 우유부단한 타입이다. 하지만 참을성이 뛰어난 사람이기도 하다. 역관계는 1과 비슷하나 자신의 입장을 나름대로 확실하게 주장하는 것으로 보면 더 친밀한 상태라고 할 수 있다. 다시 말해 그녀는 당신을 진정으로 사랑하고 있는 것이다.

사람의 성격은 무엇인가 트러블에 휘말렸을 때 쉽게 알 수 있다. 평소엔 수줍은 새색시처럼 얌전하던 이웃의 남자가 어떤 급박한 상황에 닥치자 지금까지의 이미지와는 전혀 다른 사람처럼 돌변하는 것을 보고 주위 사람들이 그 사람의 본질에 대해 의아해하는 걸 본 경험이 있다. 이처럼 어떤 상황에서 어떤 행동을 하느냐에 따라 그 사람의 내면의 본질과 성격을 알 수 있다.

자, 당신이 그녀와 데이트를 즐기는 도중에 일어난 일이다. 그녀와 나란히 길을 걷던 중 그녀가 건달풍의 남자와 어깨를 부딪쳤다. 상대는 그 일대의 유흥가에서 폭력을 일삼는 폭력 조직원이다. 그는 그녀의 팔을 꽉 움켜쥐고 의도적으로 시비를 걸고 있다.

"여자를 놓아줄 테니 가진 돈 다 내놔!"

자, 이럴 때 당신은 어떤 행동을 취할 것인가? 과연 드라마의 남자 주인공처럼 멋지게 그녀를 구할 것인가?

1. 앞뒤 가릴 것 없이 덤빈다.
2. 그녀를 남겨둔 채 경찰을 부르러 간다.

3. 상대가 정말로 그녀에게 해를 끼칠 것이 아니기에 그녀를 남겨 놓고 우선 도망간다.

4. 큰 소리로 도움을 청한다.

5. 요구대로 돈을 준다.

이런 일이 정말로 생긴다면 곤란하겠지만 이건 어디까지나 드라마에서나 볼 수 있는 시추에이션이다. 드라마에서는 대개 이런 경우 남자가 멋지게 폼을 잡고 상대와 대결을 한다. 한동안의 격투 끝에 상대가 도망간다. '두고 보자!' 한마디 정해진 대사를 남기고……. 그리고 남녀의 뜨거운 포옹 씬이 이어진다.

그러나 이런 전개는 드라마에서나 볼 수 있다. 현실의 주인공인 당신은 싸움 능력도 없고 싸우고 싶지도 않다. 설사 싸움 실력이 뛰어나다고 해도 상대는 폭력배다. 만일 흉기라도 지니고 있다면 어떤 결과를 초래할까?

1의 예처럼 덤비겠다고 하는 당신은 앞뒤 분간 못하고 충동적으로 행동하며 겉멋을 중시하는 사람이다. 어떤 예상치 못한 상황이 벌어지면 그 분위기에 휩쓸려서 뒷일은 전혀 생각하지 않는다. 일견 남자답고 믿음직스럽게도 보이지만 사실은 당신 스스로 직접 해결하는 일은 거의 없다. 오히려 일을 더 악화시킬 가능성만 높아진다. 구체적인 노하우가 없음에도 임시 변통의 태도로 일관한다. 다시 말해 자리를 펼 줄은 알아도 걷을 줄은 모르는 사람이다.

2를 택한 당신은 냉정하고 논리적으로 행동하는 것처럼 보일 수 있으나 그녀를 그 자리에 두고 가는 것은 너무나도 차가운 태도이다. 경찰을 부르러 간다 해도 남겨진 그녀가 불안해할 것은 말할 것도 없고 그동안에 봉변을 당할 수도 있기 때문이다. 이런 타입의 사람은 순발력이 부족할 뿐 아니라 여자들의 입장에서 볼 때 정나미 떨어지는 사람이다.

3의 경우처럼 그녀를 남겨놓고 혼자만 도망가는 남자는 우선 성격이나 생각 등 근본적인 것부터 싹 바꿔야 한다. 자기 본위에 오직 자신밖에 모르는 타입이다. 또 일을 벌여놓고 책임을 회피하는 대책없는 사람이다.

4의 예처럼 큰 소리로 도움을 청하는 사람은 나약한 사람처럼 보일 수도 있다. 그러나 그는 그녀에게서 한시도 떨어지지 않았고, 자신 또한 안전 거리를 확보하고 있다. 제시된 상황에서 이런 대처법이야말로 최선의 대응책이라 할 수 있다. 중요한 것은 어떻게 해서든 두 사람이 위험에서 벗어나는 일이다. 여자 앞에서 허세를 부리며 섣불리 싸움을 하려 든다면 둘 다 위험해진다.

5의 경우 돈으로 해결하면 처리가 될 것 같지만 돈을 준다고 그녀를 놓아준다는 보장은 없다. 돈도 뺏고 그녀도 끌고 갈 가능성도 있는 것이다. 설사 그녀를 놓아주었다고 해도 또 다른 트집을 잡아 더 많은 것을 요구할 가능성도 있다. 또 그녀의 입장에서 볼 때도 자신의 위험을 돈으로 해결한 남자라는 복잡한 생각에 갈등을 하게 될 것이다. 세상 물정 모르고 자란 남자라면 이런 행동을 하기 쉽다. 그러나 이런 행동은 사람의 신뢰를 얻기 어려운 경솔한 행동이다.

새삼 느끼는 점이지만 젊은 사람들 중 일상의 대화에 애매한 표현을 쓰거나 말끝을 얼버무리는 사람이 많다.

"OO가 좋다고 생각합니다만……."

"꼭 그렇게 생각하는 건 아니지만……."

대개가 이런 식이다. 그런 대화법이 젊은이들 사이에서 유행하고 있는지 어떤지는 잘 모르겠지만 역시 자신의 의견에 자신없다는 것을 은연중에 드러내는 것임엔 틀림없다.

이것은 집행 시기를 앞두고 자신의 언동에 따른 책임을 회피하려 하는 것이다. 심리학에서 말하는 '모라토리엄 인간'의 조후(兆候) 중 하나이다.

모라토리엄이란 원래 경제 용어로 '지급 유예'를 뜻하는 말이다.

정신 분석학자인 E. 에릭슨은 어린이와 성인의 중간인 청년기의 심리를 모라토리엄기로 표현했다.

다시 말하자면 청년이 성인이 되기까지의 준비(유예) 기간은 책임질

일 없이 살아가는 온화한 시기이기 때문에 '성인이 되고 싶지 않다'는 생각을 하게 되고, 그것이 사회에 대한 책임을 회피하는 의미로 사용되어진다는 것이다.

이번에는 이제 막 데뷔한 어느 남자 신인 탤런트의 인터뷰 내용을 보기로 하자.

―우선, 나이를 말씀해 주시지요.

"으음, 제가 몇 살로 보이나요? 저를 모르는 사람들은 저를 부를 때 '학생'이라고 합니다. 하지만 제가 이렇게 어려 보여도 벌써 스물다섯 살입니다."

―간단한 경력을 알고 싶습니다.

"흔히 사회에서 일류라고 말하는 K대를, 부속 유치원에서부터 대학까지 죽 다녔습니다. 사실은 변호사가 되고 싶어서 법학부에 입학했는데 뭐, 열심히 공부한 건 아니지만 그럭저럭 졸업은 했습니다."

―장래의 포부를 말씀해 주시지요.

"지금은 국내용 탤런트라고 생각하고 있어요. 세계의 주목이라 할까? 뭐, 그런 걸 받아보고 싶기도 한데… 그러니까 장래에는 해외에서도 인정받는 스타가 되는 게 좋을 것 같기도 하고…….”

—평소에 존경하는 인물이 있습니까?

“역사상의 인물이라면 미국의 존 F. 케네디라든가, 다른 한편으로 생각하면 다나까 수상 같은 사람이 좋기도 하고… 아무튼 위대한 사람은 뭔가 달라도 다르더군요.”

자, 당신은 이 인터뷰를 듣고 어떤 인상을 받았는가? ‘스케일도 크고 센스도 있다’, ‘역시 멋있는 사람이다’ 이렇게 생각하는 사람은 앞에서 말한 ‘모라토리엄 인간’이다. 그처럼 애매한 어미를 사용하는 대화법을 아무렇지 않게 쓰고 있는 사람이기 때문이다.

이런 형의 사람은 확고한 자신을 가지고 있지 않기에 대인 관계에 있어서도 소극적이고 저자세로 일관한다. 따라서 주위의 신용을 크게 얻지 못한다.

이와는 정반대로 평소 하는 말이 과장되어 보여 쉽게 신용할 수 없을 것 같은 인상을 주는 사람이 있다. 그런 타입의 사람은 모라토리엄 인간과는 반대로 언제 어디서나 자신의 의견을 확실하게 말하는 사람이다. 그렇기에 애매한 표현을 사용하는 사람에 대해서는 혐오감을 가지고 있다. 대인 관계에 있어서도 적극적이고 누구하고도 협조하며 지낼 수 있다. 주위 사람들에게 신뢰를 얻고 리더십도 인정받는다.

'뭐라고 딱 잘라 말할 만한 감상이나 인상이 없다', '그저 그런 사람이다' 이런 인상을 주는 사람은 모라토리엄 인간과 조금 비슷한 면이 있긴 하지만 대인 관계에서 경계심이 강한 타입이다. 자신감이 결여되어 있어 확실하게 자신의 의견을 표현하지 못한다. 대인 관계에 있어서도 저자세를 취하는 것을 볼 수 있다. 현대를 살고 있는 젊은이들의 또 하나의 특징이라고 할 수 있겠다.

　헤이세이(平成) 3년에 버블 경제가 붕괴된 이후, TV 뉴스나 신문 기사에 '방화'라는 글자가 눈에 띄게 늘어났다. 보통 방화 건수는 연간 1,000건 정도라고 하는데 1981년엔 엔고(円高) 불황을 맞아 1,700건으로 급증했다.

　사실은 옛날부터 '불황엔 방화가 는다'라는 말이 있었다.

　미국의 경우엔 보험금을 노리는 방화가 많지만 일본의 경우엔 미움, 원망, 질투 등의 인간관계에 기인한 원인이 방화로 이어지는 심리적 요인이 많다.

　요즘 불황과 파산에 따른 실업자의 증가로 자신의 장래에 불안을 느낀 사람이 많다. 그러나 십수 년 전의 불황과 크게 다른 점이라면 여행 경비가 최저 수백만 엔이나 하는 호화 여객선의 유람 투어에 모집 정원을 초과할 정도로 신청자가 많고, 해마다 해외 여행자의 수가 꾸준히 늘고 있을 정도로 불황 속의 호황이 계속되고 있다는 것이다. 또 조금이라도 주가가 오르면 기다리고 있던 개인 투자가들이 벌 떼처럼 움직이고, 프로 스포츠계에서는 이제 고등학교를 갓 졸업한 선수가 계약금을 몇 억씩이나 받고… 이처럼 가진 자와 없는 자의 차이

가 극명하게 드러나고 있다는 것이다.

거품 시대에 확실하게 돈을 모았던 사람과 달리 보통 사람들에게 있어서는 '회사도 밉고, 부자도 밉고, 세상도 밉다' 등의 억제할 수 없는 기분의 발산이 방화로 연결되는 것이다.

불안하게 살아가는 일상의 불만을 적극적으로 해소하지 못하는 상태가 계속되다 보면 전혀 관계없는 다른 일에도 불만을 품게 된다. 그러다 보니 엉뚱한 곳에 화풀이를 하고 싶어진다.

이것을 심리학 용어로 대상(代償) 행위, 또는 불만의 치환(置換)이라고 한다.

사람은 초조하거나 욕구 불만을 느끼면 그 불만을 해소하고 싶어한다. 회사에서 해고당한 뒤 벤처 회사를 창립해 전화위복의 기회로 삼는 사람이 있는가 하면, 자포자기 심정이 되어 상사의 집에 불을 지르는 등 이상한 행동으로 불만을 발산하는 사람도 있다.

"이 사회는 욕구 불만을 인내하는 힘이 약한 사회다."

이렇게 말하는 사람들도 있다. 특히 전후 세대는 물질적으로나 경제적으로나 풍족한 환경에서 자랐다. 그런 사람들에게 돈이 없어서 원하는 것을 할 수 없다고 하는 상황은 세상을 살아가는 의미 자체를 잃어버리는 것과도 같다.

절망에 빠져 간단하게 자살하는 사람도 늘어났다. 예전에는 청소년 자살자가 많은 것이 특징이었지만 요즘은 중, 장년층의 자살자가 늘고 있다. 특히 불황이 계속될수록 관리직의 자살이 증가하고 있다.

그러나 자살을 단행하지 못하고 자살로 불만을 해소하지 못하는 대부분의 사람이 '불만의 치환'을 여러 형태로 발산하기 시작했다. 그 중의 하나가 바로 방화인 것이다.

이제 경기가 차츰 나아질 것이라 한다. 그러나 아직도 많은 사람은 불황의 여파를 실감해야만 한다. 그래야 좀처럼 방화도 줄어들지 않을까?

강도, 살인 사건, 성 범죄에다 최근에는 총기류에 의한 범죄까지 등

장했다. 이런 것 역시도 불황 속에서 고개를 치켜드는 불만의 치환 현상의 일종인 것이다. 또 매스컴을 한창 달구었던 '악마 군(惡魔君)' 소동에서도 비슷한 심리가 엿보인다. 아이의 이름을 짓는 것은 부모의 '심리 투영' 이다. 남들과 다른 특이한 이름은 남들로부터 주목을 받는다. 아이에게 색다른 이름을 지어 붙이는 것으로 부모는 자신들의 마음속에 있는 여러 소망을 표현한다. 사회에 대한 불만을 아이의 이름에 옮겨놓지 말라는 법도 없다. '악마' 라는 이름이 바로 그것이다.

그런데 다시 한 번 생각해 보자. 악마! 이제 막 태어난 귀여운 아기의 이름이 악마! 듣기만 해도 섬뜩한 이름이다. 보통의 부모라면 절대로 짓지 않을 기묘한 이름이지만 부모는 아이를 악마라 부르며 자기만족을 얻으려 했을 것이다. 심리학에서는 이런 심리를 '프러스트레이션(Frustration)의 승화' 라고 부르고 있다. 그런 부모를 둔 아이는 어떤 심정일까?

"더는 못 참겠어요."

아마도 이렇게 절규하고 있지는 않을까?

우선, 아무 생각 없이 직감만으로 나무를 그려보라. 당신이 그린 나무의 형태를 보고 잠재의식과 소망을 알 수 있다.

세이코 사(社)의 회장을 역임했던 겐타로 씨는 생전에 나무를 보며 스트레스를 풀었다고 한다. 나무라고 해서 아무 데서나 볼 수 있는 나무들이 아니라 역사적으로 언급되는 유명한 나무를 찾아서 일본 각지를 다녔다고 한다. 웅장하고 건장한 나무를 보고 있으면 기분이 온화해졌다고 한다.

사람에 따라서 나무는 여러 이미지를 준다. 나무를 그릴 때 무의식의 바닥에 있는 마음, 다시 말해 잠재의식을 표현하는 경우가 많다. 여기에 주목한 것이 바움 테스트라고 불리우는 나무 그림에 의한 성격 테스트다. 이것은 스위스의 C. 고흐에 의해 체계화된 것으로 원래 1928년경부터 스위스의 많은 학자가 관심을 가지고 연구한 바 있었다.

유럽에서는 나무를 생명의 상징물로 생각하는 견해가 일반적이다. '수목(樹木) 신앙'이라 할 정도로 나무에 대한 관심이 높았다. 또 1920년

스위스에서 유행했던 필적분석(筆跡分析)도 나무 테스트에 영향을 주었다. 그래서 나무 그림의 진단 방법에는 필적 판단의 기법이 스며들어 있다.

우선 나무를 주요 부분별로 구분하면 몸통, 가지, 뿌리의 세 부분으로 나누어 생각할 수 있다.

몸통

이 부분은 현실에서의 그 사람을 표현하는 부분이다. 즉, 어떤 환경에서 어떤 삶을 살고 있는지, 상대에게 어떤 인상을 주는 사람인지 등 현실의 행동 스타일을 나타낸다.

가지

가지의 부분은 자아(自我)와 생명력을 나타낸다. 본능적인 애정 욕구나 정동(情動 : 일시적으로 치솟는 감정, 타오르는 듯한 애정이나 강렬한 증오 같은 것)과도 관련이 있다.

뿌리

식물의 뿌리는 대개 땅속에 있어서 보이지 않는다. 이것은 자제력을 나타내는 것으로 드러나지 않는 무의식이 이에 해당된다. 또 잠재의식과 타인에 의존하려는 기분을 나타낸다.

이 세 부분 중에서 어느 것을 강조하느냐에 따라 그 사람의 잠재의식을 알 수 있다.

또 똑같은 나무 그림이라도 윗부분을 강조해서 그리는 사람은 지적이며 정신적인 것을 추구하는 사람이고, 나무 아랫부분을 강조해서 그리는 사람은 생명력과 스태미나가 넘치는 상태이며 이론적인 것보다 잠재적인 감각이나 직감이 뛰어난 사람이다.

나무의 우측을 크게 그리는 사람은 미래에 대한 소망이 강한 외형적인 타입이며, 반대로 좌측을 크게 그리는 사람은 과거에 대한 집착이 강한 사람으로 신중한 성격에 스스로 자신의 행동을 억제하는 사람이다.

열정적인 화가로 알려진 고흐는 1889년에 '올리브 원(園)'과 '혁명

기념일의 촌역장(村役場)'의 두 작품을 남겼는데, 두 작품에 등장하는 나무는 한결같이 이상한 형태를 하고 있다. 사실 그는 이 그림을 그리기 전의 해에 발작 증세를 보여 자신의 귀를 면도칼로 잘라 버릴 정도로 정신 상태에 큰 변화가 있었다. 나무를 그린 방법이 달라진 것은 바로 광기(狂氣)를 머금은 터치 때문이었던 것이다.

내 몸에 닿는 손길에 그의 본심이 스며 있다 Part 15

사람은 이야기하면서 무의식으로 자신의 몸이나 상대의 몸에 손을 댄다. 이러한 '터칭'은 그 사람의 본심을 전달하는 가장 뛰어난 커뮤니케이션 수단의 하나이다. 자신, 혹은 상대가 어느 부분에 손을 대는지 주의 깊게 살펴보면 숨겨진 심층 심리를 알 수 있다.

머리

자기 자신의 머리를 만지며 이야기하는 사람은 겸연쩍음을 감추려 할 때나 반성하고 있을 때다. 혹은 반성하고 있는 것처럼 보이기 위한 제스처일 수도 있다.

상대의 머리를 쓰다듬는 것은 애정 표현이다. 혹은 상대를 지배하고 싶다는 심리 상태일 수도 있다. 어머니가 아이의 머리를 쓰다듬으며 칭찬하고, 꾸중하고 난 뒤 머리를 쓰다듬으며 달래는 것처럼 상대를 자신보다 격하시키고 싶어하는 심리가 드러나는 것이다.

얼굴

일상생활에서 아무 생각 없이 자신의 얼굴을 만질 때가 많다. 특히

피곤하거나 불쾌한 감정일 때, 긴장을 하고 있을 때나 슬플 때, 외로움을 느낄 때는 자신도 모르게 얼굴에 손이 간다.

얼굴 중에서도 입이나 코의 주변을 만지작거릴 때는 피곤에 지쳐 있을 경우다. 상대가 입에 손을 대거나 손바닥으로 입을 가리는 듯한 동작을 보이면 빨리 그 자리를 일어서는 것이 좋다.

눈꼬리나 눈 주위에 손가락을 대는 경우는 다른 생각을 하고 있거나 혼자만의 생각에 빠져 있음을 나타낸다. 귓불을 손으로 잡아당기는 동작을 하고 있을 때는 대답에 궁색해 있을 때다. 상대의 얼굴을 만지는 행위는 꽤 친한 사이가 아니면 좀처럼 할 수 없는 행동이다.

이성 간에 상대에게 키스하고 싶다거나 안고 싶다는 욕망의 표출이기도 하다. 혹은 주위의 여건상 그런 것이 불가능할 때 상대의 얼굴이나 코를 만진다. 욕구의 대상(代償) 행위인 셈이다.

어깨

싫은 일에서 벗어나고 싶을 때, 기분 전환을 하고 싶을 때 자신의 어깨에 손을 얹는다. 혹은 자신이 열심히 일하고 있다는 것을 주위에 어필하기 위한 제스처이기도 하다.

상대의 어깨에 손을 얹는 것은 동료 의식을 내세워 협조를 강조할 때다. 정치인이 과장된 액션으로 라이벌의 어깨를 힘주어 잡는 것을 종종 볼 수 있는데, 바로 그런 이유에서다. 외견상으로 동지라는 것을 강조하기 위한 제스처인 것이다.

몸을 밀착시켜서 크게 끌어안는 것은 친해지고 싶다거나 내 마음을 알아달라는 원망(願望)을 강하게 내포하고 있다. 또 어깨를 가볍게 잡거나, 어깨에 묻은 머리카락이나 먼지를 털어주는 동작은 동성 간에는 간접적인 우정 표현이며, 이성 간에는 애정 표현이다.

팔이나 손

한쪽 손으로 반대편 팔을 잡는 것은 외로움을 나타내는 표현이다. 양팔을 끼는 것은 상대의 의견에 비판적인 기분을 가지고 있거나 경계심을 나타내는 것이다. 회의 중에 양팔을 끼고 있는 사람은 모든 사람의 의견에 동의하고 있지 않음을 나타내는 경우가 많다.

애인 사이에 있어서 여성이 남성의 손을 잡는다거나 팔짱을 끼고 싶어하는 것은 의지하고 싶다는 기분을 나타낸다. 잡은 손이나 팔짱 낀 팔에 힘을 줄 때는 더욱더 강한 신뢰감을 나타내는 것이다.

가슴이나 복부

자신의 가슴이나 배를 두드리거나 만지는 것은 누군가 자신에게 관심을 가져주기를 바라는 심리의 표현이다. 복부나 가슴에 손길이 닿기를 원하는 욕망이 강한 사람은 무의식적으로 자신의 가슴이나 복부를 만지게 된다. 자위행위의 동작이라 할 수 있다. 또 자신의 힘이나 능력을 과시하고 싶은 기분의 표현으로 '나한테 맡겨!' 하는 식의 심리가 밖으로 드러나는 것이다.

허리나 무릎

자신의 허리나 무릎에 손을 대는 것은 자신이 강하다는 것을 표현하는 것이다. 또 상대에게 인정받지 못해 초조할 때도 허리나 무릎에 손이 간다. 상대의 무릎에 손을 대는 것은 상대를 신뢰하는 기분을 나타낼 때다. 단, 동성애자 성향의 사람도 있으니 주의해야 한다.

엉덩이

피곤한 상태일 때나 기분 전환이 필요할 때 엉덩이를 만진다. 장시간 걸어서 피곤할 때나 열심히 일했다는 사실을 상사나 주위 사람들에게 알리고 싶을 때도 엉덩이를 만지거나 가볍게 툭툭 친다.

아돌프 히틀러는 이렇게 말했다.

"거짓말은 클수록 반드시 그 안에 믿을 만한 일정의 요소가 있다. 사람은 작은 거짓말보다도 큰 거짓말에 잘 속는다."

그는 이런 심리 효과에 기반을 두고 연설할 때마다 꽤 많은 연구를 했다고 한다.

우리가 과거 감동을 받았던 유명 문학 작품이나 격언 중에는 이런 큰 거짓말이 많이 들어 있다. 기독교 최대의 교양인 성서 안에도 큰 거짓말이 있다.

"때가 되었다. 하나님의 나라가 가까워졌다. 회개하고 복음을 믿으라(복음서 제1장 15)."

이 말은 마르크스의 공산당 선언의 마지막 문장 '만국의 노동자여, 단결하라' 처럼 큰 거짓말 효과를 가지고 있다. '하나님의 나라가 가까워졌다' 는 말로 대중에게 큰 희망을 주고 있지만 결국은 믿는 사람들만 구원받을 수 있다는 것이니 큰 거짓말이 되는 것이다. 또 세계의 위기 속에서 만국의 노동자가 단결하는 것 말고는 대안이 없다는 슬로건 역시 영향력이 큰 거짓말이다. 이것은 공산주의가 자본주의를 적으로 간주하고, 자본주의가 공산주의를 적으로 삼는다는 거짓말과 비슷하다. 또 히틀러가 제2차 세계대전 전에 독일 국민(게르만 민족)이 세계에서 가장 우수한 민족이라는 엄청난 거짓말로 국민을 단결시킨 테크닉과 일치한다.

1950년 2월 미국의 맥케이시 상원 의원의 사례도 이와 비슷한 경우다. 맥케이시는 자신의 인기를 높이기 위해 '국무성에는 205명의 공산주의자가 있다'는 폭탄 발언을 해 미국 전역에 '빨갱이 사냥' 열풍을 일으켰다. 그런데 공청회에서 205명의 명단을 공개하라는 요청을 받자 국가 안보를 핑계로 57명으로 줄여 버렸다. 시대에 따른 대중의 욕구를 간파하고 공산주의를 이용해 대중의 불안 심리를 교묘하게 이용한 심리 조작이었던 것이다.

물론 거짓말 속에는 대단히 엄청난, 어쩔 수 없는 거짓말도 존재한다.

나폴레옹이 이탈리아 원정을 감행했을 때의 일이다. 멀고도 긴 행군에 병사들은 피로와 굶주림에 나약해져 있었다. 그때 나폴레옹은 연설로 병사들의 기력을 북돋웠다.

"제군들! 제군들은 지금 피곤과 굶주림에 고생하고 있다. 그러나 나는 제군들을 세계에서 가장 축복받은 땅으로 안내하겠다. 음식, 옷, 여자… 제군들이 원하는 것 모두가 그곳에 있다!"

지쳐 있던 병사들은 나폴레옹의 거짓말에 사기가 올랐다.

이탈리아에 도달하자 나폴레옹은 또다시 병사들을 향해 외쳤다.

"제군들! 드디어 고향인 프랑스에 돌아가게 되었다. 제군들이 고향에 돌아가면 모두 이렇게 말하라. '나는 위대한 이탈리아 원정에 참가한 병사다'라고. 이제 제군들은 조국의 영웅이 되는 것이다."

이 말은 또 병사들의 용기를 북돋아 그들에게 알프스를 넘게 했다.

미국의 소설가 O. 헨리의 유명한 소설 '마지막 잎새'도 거짓말에 의해 소녀의 병이 낫는 이야기다. 폐렴에 걸려 죽을 날만 기다리고 있던 소녀는 날마다 창밖에 보이는 담쟁이덩굴의 잎을 바라본다. 덩굴은 차츰 시들어가고 잎도 다 떨어져 마침내 마지막 한 잎만 남게 되자 소녀는 마지막 잎새가 떨어지면 자신도 죽게 될 것이라고 이야기한다. 거센 폭풍우가 몰아치는 어느 날 밤, 마침내 마지막 잎새는 떨어지는데……

그 이야기를 들은 같은 아파트에 사는 노화가는 불쌍한 소녀를 위해 자신이 소녀에게 희망을 줄 수 있는 일이 무엇일까를 생각한다. 그때 노인이 생각한 것은 담쟁이덩굴의 벽에 잎새를 그려넣는 일이었다.

다음날 아침, 눈을 뜨자마자 창밖을 본 소녀는 깜짝 놀랐다. 간밤의 폭풍우에 떨어져 버린 줄로만 알았던 마지막 잎새가 꿋꿋하게 제자리에 붙어 있는 것이었다. 그것을 본 소녀는 자신도 삶의 희망을 포기하지 않고 잎새처럼 꿋꿋하게 살아갈 것을 결심하고 마침내 병을 극복한다는 이야기다.

큰 거짓말은 때에 따라서 거짓말이 아닐 수도 있다. 오히려 신뢰감이 생기고, 상대에게 큰 희망과 용기를 주는 수단이 될 수 있기 때문이다.

난생처음 해외 출장으로 동남아시아의 X국에 온 A씨. 일도 술술 잘 풀려 일찌감치 일단락 짓고 상큼한 기분으로 외출에 나섰다. 생소한 이국의 밤거리가 주는 신선한 감흥을 만끽하고 있을 때 '가짜 시계 싸게 팝니다' 하는 소리에 뒤를 돌아보게 되었다.

"가짜 시계 싸게 팝니다."

다가온 상인은 A씨에게 손목시계 하나를 보여주었다. A씨가 보기에 외형상으로는 스위스제 고급 시계와 똑같았다.

"아하, 짝퉁(가짜 명품)이군!"

흥미를 느낀 A씨는 상인에게 값을 물어보았고, 결국 싼값에 매료되어 한 다스의 가짜 시계를 사게 되었다. 그런데 귀국 후 A씨는 가짜 시계를 산 것을 두고두고 후회했다. 왜일까? 어차피 처음부터 가짜 시계라는 것을 알고 샀을 텐데? 그 이유가 무엇일까?

A씨가 산 시계들 중 작동되는 것은 하나도 없었다. 다시 말해 '가짜 명품 시계'가 아니라 '가짜 시계'였던 것이다. 작동되지 않으니 당

연히 시간을 볼 수가 없다. 하루에 두 번 맞는 시계를 어찌 시계라 할 수 있겠는가. 아무리 싸게 샀다 해도 결국 A씨는 산 만큼의 손해를 본 것이다.

이것을 심리학적으로 분석해 보면 A씨에게 시계를 판 상인은 '가짜 시계'임을(즉, 상품의 결점) 제시하는 것으로 A씨의 경계심을 풀었다. 가짜 명품이지만 사용하는 데 지장은 없다는 생각을 갖게끔 하는 데 성공했던 것이다.

상품의 결점(가짜 물건)과 이점(싼값)을 동시에 제시해 사람을 설득하는 방법을 '커뮤니케이션의 양면 제시'라고 한다. 이것은 의식이 뚜렷한 지적 인간일수록 속이기 쉬운 방법이다.

반대의 예를 들면 '이 상품은 명품이지만 값은 싸다'는 식으로 이점만을 늘어놓는 것을 '커뮤니케이션의 편면(片面) 제시'라고 한다. 교양이 부족한 사람은 이런 방식에 속기 쉽다.

A씨에게 시계를 판 상인은 A씨를 교양 정도가 높은 사람으로 판단

했기에 눈속임이나 거짓말에 속지 않을 것임을 알고 오히려 가짜 물건이라는 점을 인정하면서 팔고자 하는 양면 제시의 방법을 택했던 것이다.

이 이야기를 근거로 해서 다음의 문장을 읽어보자.

L군은 동경역에서 10년 만에 친구를 만났다. 그 친구는 7, 8세 정도의 여자 아이를 데리고 나왔다. 그동안 결혼을 해서 딸을 낳았던 것이다. L군은 아이의 머리를 쓰다듬으며 '이름이 뭐지?' 하고 물었다. 그러자 아이는 '엄마의 이름에 '美' 자만 붙이면 제 이름이에요' 하고 대답했다. 그래서 L군은 아이의 이름을 바로 알 수 있었다.

L군이 여자 아이의 이름을 바로 알 수 있었던 이유의 추리가 가능한가? 만일 이해가 되지 않았다면 한 번 더 읽어보기 바란다. 말의 트릭이 어딘가에 숨어 있다.

자, 알았는가? 남자의 친구라고 하면 그 상대도 남자라고 단정지어 버리는 습성이 있다. 그러나 남자가 여자 친구를 만난다고 해서 이상할 것은 하나도 없다. 글 속에는 친구를 만났다고만 적혀 있을 뿐 그 상대가 남자인지 여자인지는 명기되어 있지 않았기 때문이다.

　이제 이해했을 테지만 L군의 친구는 여자였던 것이다. 따라서 아이의 이름이 엄마의 이름에 '美' 자를 붙인 이름이라고 하자 바로 알 수 있었다. 이렇게 사용 용도에 따라 상대를 속일 수 있는 충분한 요소를 가지고 있는 것이 바로 우리가 쓰고 있는 말이다.

5

독심술의 응용으로 비지니스에 성공하는 법

사람은 소지품이나 옷은 물론, 무의식적인 행동에서도 자신의 내면을 표현하고 있다. 상대의 본심을 알고 싶다면 그의 자세나 행동을 잘 관찰해 보라.

셔츠, 넥타이 등 유럽풍의 일류 브랜드로 치장하고 일부러 상대에게 보이려 한다면 자신이 명품을 몸에 두를 정도의 엘리트라는 것을 상대가 알아주기를 바라는 잠재의식의 표현이다. 그러나 화려한 패션과는 달리 내면에는 자기 자신에 대한 불신감이 깊게 자리잡고 있다.

연구서, 『타인을 아는 심리학』을 발표한 프랑스의 심리학자 고글랭은 저서에서 '상대의 인품을 읽는 것은 버릇이나 표정뿐만 아니라 모자 쓰는 법이나 식사법 등 일상의 행동을 관찰하는 것'이라고 했다.

인간의 개성은 여러 상황에서 나타난다. 술자리나 모임, 파티 등에 출석하는 사람들을 보면 재미있는 점들을 발견할 수 있다. 모임이 시작하기 전에 미리 와 있는 사람, 시간에 딱 맞게 오는 사람, 항상 시간보다 늦게 도착하는 사람 등이 있다. 이것만으로도 세 종류의 타입으로 분류되지만, 미리 와 있는 사람 중에서도 시작 5분 전에 도착한 사람과 시작 30분 전에 도착한 사람은 그 성격에서도 꽤 차이가 있다.

모임의 회비를 내는 것만 보더라도 성격의 차이가 확연히 드러난다. 회비 액수에 딱 맞는 돈을 준비해 우수리가 생기지 않도록 하는 사람이 있는가 하면, 작은 금액임에도 불구하고 일부러 수표를 내고 우수리를 챙기는 사람이 있다. 이렇게 사람의 세세한 행동만으로도 그 사람의 성격과 본심을 알 수 있다.

우수한 비지니스맨, 특히 야망을 품고 있는 사람들의 공통점은 인간 관찰력이 뛰어나다는 것이다. 처음 보는 상대라 할지라도 외견이나 복장, 사소한 동작이나 버릇까지도 분석해 그것을 근거로 상대의 생활이나 성격, 욕망까지도 파악한다.

존 D. 록펠러는 록펠러 재단의 창립자이며 대재벌의 한 사람으로 유명한데 그야말로 인간 관찰의 명인이었다고 한다. 휴일에 갑자기 사원의 집을 방문해 인테리어나 책장에 어떤 책이 있는지를 본 뒤 상대를 추리하는 것이 특기였다. 상대와 이야기할 때는 상대의 응답하는 방식이나 복장에서 마치 추리 소설에 등장하는 명탐정 셜록 홈즈처럼 상대의 심리 상태를 하나하나 밝혀냈다고 한다.

또 일본의 시멘트 업계의 제일인자이며 선각자였던 아사노 씨는 유니크한 인물 감정을 하기로 유명했다. 면접 시험을 볼 땐 수험자를 한 사람씩 사장실로 불러 바지와 팬티를 벗게 한 뒤 남자의 그것의 크기를 보는 것으로 그 사람의 장래성을 판정했다고 한다.

이처럼 사람의 자세뿐만 아니라 행동에서도 업무 능력을 판정할 수 있다. 또 여성과의 교제법이나 설득법에서도 인물 판정의 근거가 있다. 예를 들어 파티 석상에서 매력적인 여자를 보았을 때 당신이라면 우선 어떤 행동을 취할 것인가?

1. 바로 접근해 말을 건다.

2. 우선 뜨거운 시선을 보내고 눈이 마주치면 미소 지으며 기회를 만든다.

3. 그 여성을 소개해 줄 만한 다른 여성을 찾는다.

4. 우선 그 여자가 누구인지를 먼저 조사한다.

이것은 비지니스 커뮤니케이션 능력을 판정하는 테스트로 능력순
으로 보자면 2-3-1-4의 순번이다.

'인간은 누구에게나 나름대로의 숨겨진 면이 있다'는 옛말처럼 인
물 관찰의 진정한 목적은 상대의 성격을 파악하고, 그것을 토대로 최
선의 관계로 발전시켜 나가기 위한 노력을 기울이는 데 있다.

Part 2

상대를 바로 칭찬하는 사람은
상대의 호감을 얻지 못한다

당신은 대인 관계에 있어서 어떤 편인가? 만일 대인 관계가 원만하지 못한 편이라면 당신이 의식하지 못하는 사이에 남들이 싫어할 만한 언행을 했을지도 모른다.

상대의 마음에 들지 않는 타입의 사람이 있다고 하자. 그 자신도 그런 점을 의식하고 신경 쓰면서 원인을 찾던 중, 마침내는 내성적인 자신의 성격을 단점으로 여기게 되었다. 자신의 단점을 드러내지 않으려고 사람들과의 대화를 기피하다 보니 결국 처음 만나는 사람은 물론이고 주위의 친한 사람들과도 관계가 원만하지 못해 대인 관계에 큰 손해를 보게 되었다. 소극적이고 대인 관계가 뛰어나지 못한 사람은 스스로 '자신은 남들과 어울리지 못하는 사람'이라는 극히 네거티브한 방향으로 생각해 버리기에 더욱더 자신감을 잃게 되는 것이다.

거래처의 사람과 전화 통화를 하는 중 상대로부터 '잘 들리지 않네요. 죄송하지만 좀 더 큰 소리로 말씀해 주시겠습니까?' 하는 말을 들었을 때 당신이라면 어떤 반응을 보일까? 바로 목소리를 크게 해서 '잘 들립니까?' 하고 상대에게 확인하고 통화를 계속하는 사람도 있겠지만, 상대의 말에 기분이 상한 사람도 있을 것이다.

예전에 프랑스의 심리학 시리즈를 출판했던 레에츠 社가 『최초 5분간』이라는 심리학서를 발표해 화제가 된 적이 있었다. 처음 보는 상대라도 만나서 5분 이내에 성격을 파악할 수 있는 방법이 적혀 있는 명저(名著)로 그 사람이 지금까지 어떤 인간관계를 구축하며 살아왔는가, 총체적으로 사람들이 호감을 갖는 타입인가, 싫어하는 타입인가 등 상대의 인간성을 확인하는 방법이 총망라되어 있는 책이다.

상대를 확인하는 것 중에 심리 테스트를 해보는 것이 가장 손쉽고 빠른 방법이다. 단, 어디까지나 상대가 테스트라는 것을 알아차리지 못하도록 해야 정확한 판단을 내릴 수 있다.

예를 들어 당신이 와이셔츠와 전혀 어울리지 않는 넥타이를 매고 상대를 만났다고 하자. 누가 보더라도 도무지 어울리지 않는 넥타이를 가리키며 '어떻습니까?' 하고 의견을 물었을 때 상대가 어떤 반응을 보일까.

A. 무조건 칭찬한다.
B. 어떻게 말을 할까 곤란한 표정으로 그저 웃기만 한다.

C. 어울리지 않는다고 확실하게 말한다.

D. 여러모로 생각한 끝에 말을 돌려서 어디까지나 자신의 의견이라며 말한다.

이 테스트는 대인 관계에 있어서 그 사람의 기본적인 태도를 나타낸다.

A : 무조건 칭찬하는 것은 상대의 마음에 정말로 파고들려는 의지가 결여되어 있기 때문이다. 쉽게 반발하지 않는 타입이라 표면적으로는 아무런 문제가 없어 보이지만 본심을 전혀 알 수 없는 타입이다.

B : 내성적 성격의 전형적인 타입이다. 적극성이 없는 사람으로 너무 소극적인 탓에 대인 관계도 그다지 좋은 편이 아니다.

C : 진실을 확실히 말하는 것은 남들에게 호감을 줄 수 있는 것처럼 생각되지만 사실은 그 적극적인 점이 오히려 싫어하는 이유가 될 수 있다. 마음이 맞는 사람과는 일 관계를 떠나서 친하게 지내지만 좋고 싫음이 분명한 타입이다.

D : 냉정하고 객관적으로 상대를 대하는 타입이다. 공적인 일과 사적인 일의 구분이 명확하다. 단, 타인에 대해 신랄한 객관적 시각이 상대에게 상처를 줄 수 있는 원인이 될 수도 있다.

이 네 가지의 답은 모두 기본적인 인간관계를 나타내고 있지만 관계가 악화되었을 때 현저하게 나타날 수도 있으니 처음부터 알아두는 것이 중요하다. 테스트하는 방법은 넥타이뿐만 아니라 셔츠나 손수건, 양말, 가방 등으로 응용할 수 있다. 상대가 테스트를 받고 있다는 느낌이 들지 않도록 가능한 작은 소품을 이용하는 것이 좋다.

Part 3

돈 많은 사람을 한눈에 알아보는 법

앞에서 모임의 회비를 내는 방법에 의해 인간의 성격이나 생활 수준을 파악할 수 있다고 말한 바 있다. 이런 점을 활용해 판매 실적을 눈에 띄게 높인 샐러리맨이 있다.

모 외국산 자동차 세일즈맨인 그의 가장 큰 고충은 어떻게 하면 외제 자동차를 살 만큼 돈이 많은 사람을 찾느냐 하는 것이었다. 엔고(円高)에 가격 붕괴의 붐이 일어나 외제차가 대중화되었다고는 하나, 최저 300만 엔이나 하는 외제차는 생활에 여유가 있는 사람이 아니고서는 좀처럼 살 수 없는 것이었다.

돈이 많을 것 같은 사람을 찾고 보면 의외로 여유가 없고, 없어 보이는 사람이 오히려 여유가 있는 등 좀처럼 구분을 하기가 어려웠다. 그러던 중 돈이 많은 사람을 한눈에 알아볼 수 있는 하나의 법칙을 발견했다.

우선 그는 모든 호텔의 연회장에서 열리는 모임을 조사했다. 그리고는 주최자를 찾아가 자신에게 접수계를 맡겨달라고 부탁했다. 처음엔 의심을 받았지만 신분이 확실하고 유명한 자동차 회사에서 근무하고 있다는 점이 인정되어 허락받을 수 있었다. 자, 그럼 이쯤에서 한 번 생각해 보자. 자신과는 전혀 상관없는 모임에 가서 접수계를 자청한 그의 목적은 무엇일까? 그리고 그가 발견했다는 법칙이란 과연 어떤 것일까?

접수계를 보며 오는 사람마다 자신의 명함을 주면서 세일즈에 이용하려는 것도 아니었다. 그가 생각해 낸 법칙은 회비를 지불하는 상대를 분류하는 데 있었다. 예를 들면 회비가 오천 엔이라고 하자. 그때 회비를 내는 사람들의 유형을 분류하면,

A. 만 엔 권 지폐를 내고 거스름돈을 받는 사람.

B. 회비가 얼마였더라? 물어보고 오천 엔을 내는 사람.

C. 꼬깃꼬깃한 천 엔 권 지폐를 여기저기에서 꺼내어 내는 사람.

D. 깨끗한 오천 엔 권 지폐를 지갑에서 빼서 내는 사람.

E. 품에서 돈 다발을 꺼내 들고 그 안에서 천 엔 권 지폐 다섯 장을 골라 내는 사람.

이렇게 분류한 뒤 D의 '깨끗한 지폐'를 내는 사람의 이름을 메모해

놓고 며칠 뒤에 방문해 세일즈를 했다. 이 방법으로 그는 성적을 올릴 수 있었고 마침내 톱 세일즈맨이 되었다. 이것이 바로 그가 발견한 여유있는 사람을 찾을 수 있는 법칙인 것이다.

이 말이 도대체 무슨 말인가? 자, 지금부터 그가 분류한 5인을 유형별로 분석해 보자.

회비가 오천 엔이라는 것은 이미 고지된 사실이기에 모임에 참석한 사람이라면 모두가 사전에 알고 있었다는 것을 우선 염두에 두자.

A : 만 엔 권을 낸 사람의 대부분은 천 엔이나 오천 엔 권 지폐도 가지고 있다. 그럼에도 불구하고 만 엔 권 지폐를 낸 것이 포인트다. 허영심이 강하고 자기의 지위에 대한 자만심 때문에 만 엔 권 지폐를 낸 것이다. 그러나 실제로는 외제차를 살 정도의 여유는 없는 사람이 대부분이다.

B : 사전에 고지된 내용에 주의를 기울이지 않았거나 잊었을 수도 있다. 어느 쪽이든 계획성있게 돈을 지불하는 개념이 흐릿해서 만일 차를 할부로 샀을 경우에는 할부금 지불에 문제가 생길 수도 있다.

C : 안면이나 의리로 출석한 사람이다. 물론 돈에 여유가 있는 사람은 아니다.

D : 금액을 딱 맞추었다. 은행에서 막 찾은 듯한 빳빳한 지폐로 볼 때, 이런 사람은 착실하고 성실하며 남을 배려할 줄도 아는 사람이다. 새 돈을 지갑에서 꺼냈다는 것은 평소에 별로 현금을 소지하고 다니지 않는다는 것이니 크레지트 카드나 수표를 이용하고 있다고 판단할 수 있다. 부자들은 대개 그런 공통점이 있다.

E : A와 비슷한 타입으로 허영심이 강하고 허세 부리기를 좋아한다. 또한 사적인 자리에서는 째째한 타입이다.

일본 화약의 회장이었던 하라 씨는 금전 거래를 할 때면 아무리 작은 돈이라도 반드시 상대의 앞에서 세어본 다음 정중하게 봉투에 넣어 품속에 넣었다고 한다. 돈을 소중히 취급하는 것은 경제 관념이 확실한 사람이라는 것을 증명한다. 또 돈을 소중하게 취급하려는 마음 자세가 되어 있지 않으면 결코 부자가 될 수 없다.

　돈을 빌린다고 하는 것은, 그것이 비록 친형제나 친구 사이라도 그리 쉬운 일이 아니다. 지금 즉시 친구들에게 전화를 걸어 10만 엔만 빌려달라고 부탁해 보라. OK 하며 당장 빌려주겠다는 사람이 과연 몇이나 될까? 옛날부터 상인들 사이에서는 '남에게 돈을 빌릴 수 있으면 제 몫을 충분히 하는 사람'이라는 말이 나돌 정도였으니 말이다.

　게이오(慶応) 대학의 설립자이면서 만 엔 권 지폐의 '얼굴 모델'인 후꾸자와 유키치(福澤諭吉)는 궁핍했던 청년 시절에 여러 가지 계책을 써서 돈을 빌렸다.

　얼마 되지 않는 돈을 품에 지니고 상경한 그는 숙박비를 지불할 돈이 떨어지자 한 가지 계책을 짜냈다. 전부터 알고 지내던 상인 구로가네야 소우베이(鐵屋惣兵衛)의 이름을 빌리기로 한 것이다.

　상인은 직업 특성상 여기저기 떠돌아다니기에 그의 이름을 아는 숙박업소도 도처에 많을 것이라는 점에 착안했던 것이다. 우선 그는 상인 구로가네야의 소개장을 위조했다.

이분은 내가 신세를 지고 있는 나까무라 댁의 젊은 도련님이시오. 이분에 관해서는 내가 보증하는 바이니 아무쪼록 손님 접대에 소홀함이 없기를 부탁하오.

—구로가네야 소우베이.

자신이 직접 쓴 소개장을 들고 다니며 가는 곳마다 여관의 주인에게 보였다. 물론 숙박료는 외상이었고 후한 대접까지 받았다고 한다.

또 다른 유니크한 방법을 소개해 보겠다. 『톰 소여의 모험』의 작가인 마크 트웨인은 편지를 써서 돈을 빌린 적이 있는데 상대는 당시의 대부호이며 종교가였던 앤드류 카네기였다.

…전략…

당신이 대단한 부호이면서 아울러 신앙심이 깊은 분이라는 것은 익히 알고 있습니다. 저도 종교에는 관심이 많은 사람으로 이전부터 꼭 찬송가를 한 권 갖고 싶었습니다. 그러나 지금의 저에겐 1달러 50센트나 하는 비싼 찬송가를 살 돈이 없습니다. 그래서 당신에게 상담하

는 바이니 저에게 찬송가를 한 권 기부해 주시면 어떻겠습니까? 이 일로 당신이 영원히 신의 은총을 받게 된다면 저도 기쁘겠습니다.

추신 : 저에게 찬송가를 보내주시는 것보다도 찬송가를 살 1달러 50센트를 보내주시면 더 큰 영광이겠습니다.

이 편지를 읽은 카네기는 그 즉시 찬송가와 함께 1달러 50센트를 보냈다고 한다.

Part 5

화를 잘 내는 사람에겐 구체적인 것을 보이며 설득하라

세일즈 토크란 상대의 타입에 따라서 여러 가지 테크닉을 구사하지 않으면 안 된다. 특히 지금부터 언급하려는 네 가지 유형의 타입에 대해서는 더 세심한 주의가 필요하다.

완고한 사람

자신의 지위나 능력에 자신을 갖고 자신의 의견을 굽히지 않는 사람을 대할 때는 우선 상대의 자랑을 들어주는 것부터 시작하라. 완고한 사람 중에는 의외로 콤플렉스를 가지고 있는 사람이 많다. 그런 경우 상대가 자랑하고 싶어하는 것에 대해서 화제를 제공하고 이야기를 진행시켜 나가면 효과적이다.

어떤 상황에서도 상대의 생각을 비판하는 듯한 말은 절대 피해야 한다. 당신의 의견이 정당하다고 해도 상대는 그것을 인정하려 들지 않을 뿐 아니라 점점 더 완고함을 드러낼 것이다. 무엇보다도 상대가 충분히 이야기하게끔 분위기를 유도하는 것이 포인트다.

그리고 이야기를 들을 때는 '네, 그렇군요', '말씀하시는 대로입니다' 등 상대의 눈을 똑바로 바라보면서 긍정적인 태도로 맞장구를 쳐

주면 더 효과가 있다.

자존심이 강한 사람

상대가 직책이 있다면 OO씨, 하는 대신 반드시 OO부장님, OO 과장님 등 직책을 붙여서 불러주어야 한다. 이야기의 실마리를 풀기 위해서는 우선 칭찬부터 하는 게 포인트다. 'OO부장님, 그 넥타이 디자인도 심플하고 참 잘 어울리시네요' 하는 식으로 칭찬부터 해주면 본론으로 들어가기가 한결 수월해진다.

그러나 주의해야 할 것이 있다. '저도 똑같은 넥타이를 가지고 있습니다' 이런 말은 절대 해서는 안 된다. 그 말에 상대는 자존심이 상한다고 느껴 버리기 때문이다. 그러나 빈말이라도 칭찬만 해주면 바로 얼굴 표정이 환해지는 사람이다.

자기 과시욕이 강한 사람

의도적으로 상대를 제압하려는 듯한 태도를 취하며 자신의 능력을 상대도 알고 있을 것이라 생각하며 스스로 만족하는 타입이다.

의자에 앉을 때도 일부러 소리나게 앉고, 앉아서도 양다리를 크게 벌린다. 담배는 외제를 피우고 고급 명품을 선호한다. 처음 보는 당신에게도 자신은 물론 자신의 주변에 관한 일을 자랑하고 싶어한다. '제 아이가 일류 대학에 다니고 있습니다', '제가 번영회 회장 일을 맡고 있습니다' 등 스스로 만족감을 얻고자 하는 것이다.

이야기를 시작할 때는 상대가 가지고 있는 소지품 중에서 하나를 반드시 칭찬해 주어라. 또 명함을 보면 반드시 몇 개의 직책이 적혀 있을 것이다. 그중의 하나를 골라 당신이 말을 걸면 상대는 만족함을 나타내며 이야기를 시작할 것이다. 상대에게 계속 이야기를 시키고 당신은 듣는 입장을 취하는 태도가 필요하다.

성미가 급하고 화를 잘 내는 사람

늘 결과에 대해 불평을 하고, 일 이외의 사적인 일에도 무엇인가 불만을 가지고 있는 경우가 많다. 꾸준하게 준비하는 것을 싫어하고, 남에게 설명하는 것과 자신이 설득당하는 것, 둘 다 싫어한다. 이런 타입의 사람과 상담을 할 때는 거두절미하고 본론적인 이야기부터 시작

하는 것이 효과적이다. 오랜 시간에 걸쳐 설득하려 한다면 절대 성사되지 않는다.

이론적인 이야기에 흥미를 두지 않는 타입이라 카탈로그나 샘플보다도 상품을 직접 보고 만지게 하면서 설명을 하면 상대를 빨리 납득시킬 수 있다. 화를 잘 내는 사람일수록 의외로 근본은 화통하다. 상대하기 어렵게 보이지만 당신이 상대에게 실수만 하지 않는다면 대하기 쉬운 상대가 될 것이다.

일반적으로 취중에 속마음을 드러낸다고 한다. 그것은 '부장은 전부터 마음에 들지 않았어' 하는 식의 말로 드러내는 것이 아니라 취중의 행동과 말에서 좀 더 깊은 심리를 파악할 수 있다는 뜻으로 해석할 수 있다.

소극적인 성격 탓에 평소에 말이 없고 주위 사람들에게 신경 쓸 일이 많은 사람일수록 취하면 말이 많아진다. 또 취중임에도 연장자나 상사에게 정중한 태도를 취하고 여성에게도 깍듯이 대하는 사람은 평소 인간관계에 대한 긴장감으로 스트레스가 쌓여 있는 사람이다.

취하기만 하면 꼭 오버액션을 취하는 사람이 있다. 평소에 반항심이 강하고 욕구 불만이 쌓여 있기 때문이다. 하지만 자신이 적응해 나가야 한다는 것을 잘 알기에 절제를 한다. 열등감도 있고 동료나 선배, 또는 자신이 속한 소속체 등 무엇인가에 불만을 품고 있는 사람이다. 술을 마셔도 평소와 별로 변함이 없는 사람은 과거에 술자리에서 실수한 경험을 반성하고 있는 경우가 많다. 자신의 결점에 대해서 필요 이상의 경계심을 가지고 있는 것이다.

업무상 스트레스가 강한 사람, 특히 중소기업의 사장이나 긴장도가 높은 직업에 종사하는 사람은 취하면 여성과 몸을 접촉하기를 즐긴다. 또 섹스에 부진함을 느낀다거나 스트레스를 발산할 흥미를 별로 갖지 못하고 있는 사람도 이런 경향이 있다. 금전상의 문제나 일에 대한 불안감이 있는 사람도 이와 비슷하다.

"2차는 노래방이다!"

취하기만 하면 노래를 부르려고 하는 사람은 사교적이고 남의 일에도 적극적인 관심을 보인다. 공과 사의 구분이 확실하고 적당히 즐길 줄도 알기에 스트레스를 덜 받는 편이다. 일에 있어서도 실패를 두려워하지 않고 자신의 개성과 능력을 발휘할 줄 안다. 상사의 입장에서 보면 장래성도 있고 믿음이 가는 타입이다.

취하면 싸움을 거는 사람은 평소에 성실하고 점잖은 타입의 사람이거나, 열혈 스포츠맨 타입의 사람이다. 대부분 술이 깨고 난 뒤에 자신의 행동에 대해 반성하고 상대에게 자신의 무례를 사과한다.

취하기만 하면 바로 잠이 들어버리는 사람은 내성적이고 의지가 약한 사람이다. 남이 부탁하면 거절할 줄 모른다. 여자들이 다루기 쉬운 타입의 남자다.

흔한 경우는 아니지만 취하면 우는 사람이 있다. 이런 사람은 정열적이고 로맨틱한 면이 있다. 좋아하는 여자가 생기면 자신의 감정을 조절하지 못할 정도로 빠져들고 섹스의 욕구도 무척 강하다. 평소에 노력하고 성실하게 일하는 것에 비해 인정받지 못하거나 믿는 사람에게 배신을 당하는 일들로 인해 불만이 쌓여 있다. 평소에는 활발하고 행동적인 사람인데 분위기가 가라앉을 때는 마음속에 감정이 맺혀 있는 경우다. 독단적인 면이 강해 직장 내에 적도 많다. 그에 관련된 고민이라고도 볼 수 있다.

무엇을 해도 자신의 생각대로 될 것이라는 신념을 가지고 있는 반면에 늘 불안한 마음을 품고 있다. 또 자신이 속해 있는 환경을 바꾸고 싶어하는 욕구도 강하다. 심리학적으로 좋은 징후라고 할 수 없다. 극단적인 선택을 할 수도 있으니 주위의 주의가 필요하다.

또 여성에게 술을 권하는 스타일로 그 사람의 심리를 파악할 수 있다. '마시겠어요?' 하고 물어본 뒤 술을 따라주는 사람은 자신의 주장을 크게 내세우지 않는 유한 성격의 사람이라 할 수 있다. 반대로 상대 여성의 의사와는 상관없이 술을 따라주는 사람은 상대를 자신이 리드해 나가고 싶어하는 완고한 성격의 사람이다. 또, 술잔에 술이 남아 있는데 술을 붓는 것은 유혹하고 싶다거나 자신의 여자로 삼고 싶다는 원망(願望)의 표현이다.

비지니스뿐 아니라 인간관계에 있어서 모두가 좋아할 수 있는
사람의 조건이라면 다음의 다섯 가지 포인트다.

1. 상대에게 관심을 가지며 관찰력이 뛰어나다.
2. 상대의 입장에서 생각할 줄 안다.
3. 의식적으로 자신과 성격이 다른 사람과도 가까워지려고 노력한다.
4. 자신의 마음을 확실하게 컨트롤할 줄 안다.
5. 낙천적이다.

첫 대면부터 상대에게 호감을 주는 세일즈맨의 대부분은 1처럼 관
찰력이 뛰어난 사람이다. 접촉하는 사람, 만나는 사람의 일에 항상 관
심을 갖고 관찰하는 것이다. 만일 방문했을 때 한동안 거실에서 기다
려야 한다면 그저 막연하게 시간을 보내는 것이 아니라 벽에 걸려 있
는 그림이나 장식품, 트로피, 선반의 양주의 종류, 책꽂이의 책의 종
류나 경향 등을 주의 깊게 보는 것이다. 어떤 흥미를 가진 사람인지,

지적 관심은 어느 쪽에 있는지 등을 파악하면 이야기의 실마리를 푸는 데 도움이 되고 화제의 재료가 되기도 한다.

남이 나를 평가한다는 것은 상대가 누가 되었든 신경 쓰이는 일이다. 상대의 자기 과시욕을 자극하는 알맞은 도구를 찾아주는 것이 상대의 마음을 여는 제일보이다.

또, 상대의 입장에서 생각한다는 것은 상대가 나로 인해서 불쾌함을 갖지는 않을까, 어떻게 하면 상대를 즐겁게 할 수 있을까 등을 늘 생각하는 일이다.

미국의 세일즈맨 교육의 제일인자였던 베드거는 '세일즈는 상대가 무엇을 원하고 기대하는지를 찾아내는 노력의 반복'이라고 말한 바 있다.

평소 아파트를 장만하려고 마음먹었던 샐러리맨 N씨는 몇 군데의 부동산 사무실에 들러 자신이 원하는 매물의 조건을 이야기해 놓았다. 마침 일요일 저녁 9시경 부동산 사무실의 세일즈맨으로부터 전화가 걸려왔다.

—휴일 저녁 시간을 방해해서 죄송합니다. 마침 선생님의 조건에 딱 맞는 아파트가 나와서 곧바로 전화드리는 겁니다. 내일 오전에 제 사무실에 나와주실 수…….

세일즈맨의 말이 채 끝나기도 전에 N씨는 버럭 화를 내며 전화를 끊었다. 바로 그때 TV에서 거인 한신의 야구 중계를 하고 있었던 것이다. N씨는 한신의 열광적인 팬이었다. 세일즈맨은 9회말 한신이 마지막 공격 찬스를 맞는 순간에 전화를 걸었던 것이다. 그의 일에 대한 열성은 평가해 줄만 하지만 자신의 입장만을 생각했기에 세일즈에 실패한 것이다.

우리는 대부분 상대의 첫인상에서 '나와 맞지 않는다'는 느낌을 받게 되면 이후 더 이상의 관계 진전을 원하지 않는다. 그러나 사실은 '맞지 않는다'고 생각하는 시점에 이쪽의 싫은 표정이나 상대를 못마땅하게 여기는 태도가 무의식적으로 드러나 그것을 상대가 느끼고 불쾌한 표정을 짓는 것이다. 다시 말해 상대에게 싫은 인상을 받거나 싫다고 느끼는 원인의 대부분이 오히려 이쪽의 태도에 있다는 것이다.

따라서 우선 자신의 기분이나 표정, 동작을 온화하게 조절할 필요가 있다. 너무 경직된 자세를 보인다거나 완고한 이미지를 상대에게 주면 자신도 모르는 사이에 상대에게 불안감을 주게 되는 것이다. 침착하지 못하고 불안정한 태도로 상대를 대하면 그것이 상대에게 그대로 전달되어서 대화가 좋은 방향으로 진전되지 못한다. 사회 구조 특성상 너나 할 것 없이 스트레스를 받기 쉬운 현실임을 감안할 때 대인 관계에 앞서 자신의 마음을 최적의 상태로 유지할 수 있는 '관리'가 필요하다.

어느 심리학자의 연구에 의하면 '기도'가 꽤 효과적이라고 한다. 머리 속을 텅 비우고 기도를 하는 것이다. 교회나 절 등 장소는 상관없다. 한순간만이라도 사고를 정지시키는 것으로 마음의 긴장이 온화해질 수 있다는 것이다.

상대에게 밝은 인상을 주지 못하는 사람은 매사를 비관적으로 생각하는 사람이 대부분으로 '난 역시 안 되는 인간이야' 하는 비관적이고 소극적인 태도는 대인 관계에서 늘 손해를 보게 된다. 매사를 긍정적으로 생각하는 노력이 필요하다.

저 사람과 함께 있는 것만으로도 즐거워진다라고 하는 사람의 주위에는 자연히 사람이 모이게 마련이다. 명랑하고 밝은 성격은 물론 선천적으로 타고나는 부분도 있겠지만 자신의 노력 여하에 따라서 얼마든지 낙천적이고 밝은 성격을 만드는 것이 가능하다. 대인 관계에 성공한 사람 대부분의 공통점은 바로 이 '밝은 성격'이라는 것을 명심해야 한다.

비지니스맨에게 있어서 상대의 주의를 끈다는 것은 대단히 중요한 일이다. 특히 상대가 큰 회사의 경영자나 유명인인 경우, 상대를 만날 기회조차도 흔한 것이 아니다. 전화를 걸어도 비서를 거쳐야 하기 때문에 직접 통화가 어렵고 편지를 보낸다 해도 하루에 몇백 통이나 배달되는 많은 우편물 중에서 주목받을 확률은 그리 높지 않다.

비지니스는 전략이다. 어떻게 하면 상대에게 주목받을 수 있을지를 생각하고 연구하는 것이 비지니스맨 업무의 제일보라 할 수 있다.

신문사에 입사하려는 일념으로 신문사에 보낸 편지의 겉봉에 빨간 글씨로 '위험!'이라고 쓴 청년에게 면접의 기회가 주어졌다는 일화가 있다. 또 내가 아는 어느 세일즈맨은 한 사람의 고객에게 4개월간 무려 120통의 편지를 보내 마침내 거래를 성사시켰다. 물론 120통의 편지 내용은 모두 같은 내용이었다.

일본 화약의 회장인 하라 씨는 대학을 졸업할 무렵, 당시 미쓰이(三井) 물산의 중역이었던 야마모토(山本) 씨에게 접근하기 위해 그의 일상생활을 철저하게 조사했다. 취미가 수렵(狩獵)임을 알고 오리를 선물로 들고 야마모토 씨의 집을 방문했다. 물론 그날의 그 방문은 하라 씨의 생애에 결정적인 영향을 주었다.

나에게는 하루에 100통 정도의 우편물이 배달된다. 그러나 시간상 일일이 다 읽어볼 수는 없기에 우선 관심을 갖고 내용물을 확인할 것과 그저 확인 차원에서 겉봉만 눈으로 훑고 지나가는 것들로 분류를 하게 된다. 이것은 비단 나뿐만 아니라 연일 몇백 통씩 우편물을 대하는 사람이라면 누구라도 갖게 되는 공통 심리일 것이다. 먼저 관심을 갖고 내용물을 확인하게 되는 우편물은 다음과 같다.

1. 속달 서류.
2. 수신인의 이름을 정자(正字)로 바르게 쓴 것.
3. 아름다운 기념 우표를 붙인 편지. 이런 우표를 사용한 사람은 진지하게 문제를 상담하려는 의도에서다. 그렇기에 관심이 쏠리는 것이다.

반대로 관심을 끌지 못하는 우편물은 이런 것들이다.

1. 수신인의 이름을 연필로 아무렇게나 쓴 편지. 내용물을 보지 않아도 어떤 내용일지 이미 뻔해서 관심 밖의 일이 되어버린다.

2. 수신처와 수신인의 이름이 다른 편지. 이런 편지는 내용도 명확하지 않아서 무슨 내용인지 이해가 되지 않는 경우가 많다.

사실 이 다섯 가지는 극히 기본적인 상식에 지나지 않는다. 유명인이나 거물을 상대로 비지니스를 할 마음이 있다면 우선 그 이상의 테크닉을 익힐 필요가 있다.

1. 우선 상대에 관해서 철저하게 조사할 것.

2. 자신에게뿐 아니라 상대에게도 이익이 될 수 있다는 인상을 줄 것.

3. 자신을 만나는 것이 상대의 사회적 신용을 높이는 것이라는 생

각이 들게 할 것.

   4. 개성있는 사람이라는 인상을 심어줄 것.

   5. 성의있는 사람이라는 인상을 줄 것.

   상대를 설득하는 데는 전략이 승패를 말해 주는 것이다.

업무상 약속으로 상대를 기다릴 때 약속 시간이 지났는데도 상대가 나타나지 않는다면 도대체 얼마를 더 기다려야 하는 것일까? 시계 메이커인 시티즌에서 예전에 이런 앙케이트 조사를 실시한 적이 있었다.

업무상 약속 시간의 기다림의 한도를 조사한 바에 의하면 제1위는 '30분까지'로 전체의 46.4%. 약 반수였다. 제2위는 '1시간까지'로 27.5%. 이처럼 업무상의 약속 시간의 기다림의 한도는 30분이 가장 적당한 것으로 나타났다.

심리학적 견지에서 말하자면 비지니스의 약속인 경우 어느 쪽에서 먼저 약속을 했느냐에 따라 시간을 지키는 법에 차이가 있다. 먼저 상대를 부른 쪽은 최소한 10분 전에 약속 장소에 도착해서 상대를 기다리는 것이 예의다. 반대로 상대 쪽은 약속 시간에 딱 맞추어가는 것보다도 5분 정도 늦게 도착하는 것이 약속을 정한 사람에 대해 안도감을 준다고 한다.

기다린다고 하는 심리의 초조함은 장소나 상황에 따라 크게 좌우된다. 병원은 비교적 대기 시간이 길다. 그런데 사람이 가장 인내하기 힘들어할 때가 엘리베이터를 기다릴 때라고 한다. 기다림의 한도라고 해야 길어봤자 고작 30초 남짓인데 그 시간이 그렇게 길게 느껴져 조바심을 부리는 것이다.

형제 간에도 기다림의 차이는 있다. '인내 시간'에 유연한 자세를 보이고 기다림에 별로 내색을 하지 않는 것은 장남이다. 차남은 이와 반대의 성향을 드러내는 경우가 대부분이라고 하니 옛말 '느긋한 장남, 방정맞은 차남'이 가슴에 와 닿는다. 또한 이것은 자매의 경우에도 비슷하다.

또 사람의 체형에 따른 '인내 시간'도 다르다. 마르고 날카로운 인상의 사람은 약속 시간에 신경이 쓰여서 자신이 먼저 약속 장소에 가 있어야 비로소 마음이 놓인다. 몸이 딱 벌어지고 끈기있는 성격의 사람은 약속 시간에 엄격해서 상대에게도 귀찮을 정도로 주의를 주는 경향이 있다. 살이 찌고 느긋한 성격의 사람은 시간 개념이 희미하다. 시간에 얽매이는 것을 싫어하기 때문에 이런 타입의 사람과 약속을 할 때는 기다릴 각오가 필요하다.

재미있는 에피소드를 소개해 보겠다. 옛날 고리대금업자들은 돈을 빌려줄 때 상대를 자신의 집 응접실로 불러놓고 일부러 한참을 기다리게 했다고 한다. 그리고 자신은 다른 방에서 구멍을 통해 상대의 모습을 관찰했다. 기다리는 동안 초조해하는 상대의 표정으로 그 사람의 인격을 파악해서 돈을 빌려주어도 갚을 수 있는 사람인지 아닌지를 구별했던 것이다.

안절부절못하고 허둥대거나 서서 왔다 갔다 하는 사람은 당장 급한 돈 때문에 애를 태우고 있다는 증거다. 그러나 돈을 빌릴 때는 열심이지만 막상 갚을 때가 되면 마음이 변하는 사람으로 신용할 수 없다. 움직이지 않고 자리에 앉아 기다리는 사람은 책임감이 있는 사람이다. 돈을 빌려주어도 갚지 못할 염려는 없다.

또 상대를 기다리게 하는 동안 크고 작은 종류의 과자를 접시에 담아 내놓았다고 한다. 먼저 큰 과자부터 먹는 사람에겐 큰돈을 빌려주지 않았다. 소비가 심하고 허영심이 많아 큰돈을 빌려주면 제대로 받지 못할 수도 있다는 판단에서였다. 처음에 작은 과자부터 먹는 사람에게는 안심하고 돈을 빌려주었다. 그러나 의외로 대금업자들이 가장 신용했던 사람은 내놓은 과자를 자신의 주머니나 가방에 전부 집어넣는 사람이었다고 한다. 그런 사람에게는 '기다리게 해서 죄송합니다' 라고 정중하게 인사한 뒤, '혹시 장사를 해볼 생각은 없습니까? 자금은 제가 전부 조달하겠습니다' 하고 장사를 권유했다고 한다. 이런 사람이야말로 장사를 시작하면 반드시 성공하는 타입이라고 확신했기 때문이다.

얼마 전 당신이 근무하는 회사에 3인의 신입 사원이 들어왔다. 각자의 능력과 개성이 너무도 판이한 이 3인을 파악하기 위해 우선 상사를 대하는 태도부터 분류해 보았다.

1. 아부가 능숙한 아첨형.
2. 말주변은 없지만 꾸준히 노력하는 타입.
3. 야심만만형으로 상사를 추월하려는 듯 맹렬하게 일에만 전념하는 엘리트 사원.

자, 그러면 이 3인 중 상사에게 가장 인기가 있는 사원은 누구일까? 상사에게 부담을 주는 사원은 누구일까? 장래 가장 출세할 가능성이 있는 사원은 누구일까?

대부분 1항의 아첨형 사원에겐 그다지 높은 점수를 주려 하지 않을 것이다. 그러나 의외로 그렇지 않다.

사람은 자신의 능력을 높이 평가해 주거나 자신에게 호의를 보이는 상대에게 호감을 갖게 되는 습성이 있다. 심리학 용어로는 '호의의 반

보성(返報性)'이라고 한다.

누구나 자기 자신에게 애정을 갖고 있다. 그렇기에 자신을 지지해 주는 상대를 마음속으로부터 소망하고 있는 것이다. 이것은 인간의 기본 심리다.

예를 들면 열등감이나 강한 자기혐오증이 있는 사람이라도 자신의 가치를 인정해 주는 사람을 대할 땐 기분이 달라진다. 더구나 자존심이 강한 사람, 특히 회사의 관리직에 있는 사람은 비록 아부의 말일지라도 자신의 자존심을 만족시켜 주는 부하에 대해서 싫은 감정을 갖는 법은 거의 없다. 상사의 입장에서 볼 때 언제나 자신을 내세워 주는 아첨형 부하는 청량제와도 같은 신선한 역할을 충실하게 수행하는 존재인 것이다. 설사 업무 능력이 떨어진다고 해도 곁에 두어서 손해 볼 만한 사람은 아니라는 정도의 가치를 부여한다.

동료들 사이에서 아부 능력이 뛰어난 자는 왕따의 대상이 될 수도 있다. 그러나 그것은 어디까지나 동료들 사이에서의 이야기다. 자신의 칼자루를 쥐고 있는 사람은 동료가 아니라 상사인 것이다. 극단적으로 말하자면 아부 능력 없이는 출세를 생각하기 어렵다고 할 수도 있겠다.

2항의 꾸준히 노력하는 타입의 사원은 상사의 입장에서는 좋을 것도 싫을 것도 없는 존재다. 그러나 팀워크가 요구되는 조직 사회에서는 대인 관계를 무시할 수 없기에 상사로부터의 평가는 그리 좋은 편이 아니다.

같은 동료의 관점으로 보면 3항의 야심만만한 엘리트 사원이 가장 출세가 빠를 것이라고 생각한다. 확실히 동료나 여자 사원들에겐 인기가 높다. 그러나 상사가 부담스러워하는 존재가 될 가능성이 가장 높은 타입이다. 물론 점차로 실력을 발휘하며 출세의 가도를 달릴 수 있는 가능성도 있다. 그러나 동시에 상사에게는 자신의 위치를 위협하는 존재로 인식되어 적으로 간주될 가능성도 부정할 수 없는 것이다.

회사는 어디까지나 조직 사회다. 출세를 생각한다면 먼저 상사와의 관계를 염두에 두고 볼 필요가 있다.

　대인 관계에 있어서 상대의 지위나 권위, 학력, 재산 등 그 사람의 본질과는 직접 관계가 없는 사회적인 배경만으로 상대를 판단하는 경우가 많다. 교수, 의사라고 하는 신분만으로 인품을 높게 평가하고, 유명인이나 회사 경영자의 친구라는 것 하나만으로도 그 사람의 능력과 인품이 높게 평가되기도 한다. 이런 현상을 심리학에서는 광배 효과(光背效果)라고 한다. 그 사람의 배후에 있는 조건이 그 사람을 높게 평가하는 데 효과가 있다는 것이다.

　당신이 세일즈맨이라고 할 때 어느 기업체의 사장을 찾아갔다고 해도 만날 수 있는 확률은 그리 높지 않다. 그러나 사회적으로 신분이 높은 사람의 소개장을 가지고 면회를 시도한다면 그쪽에서도 정중하게 응대해 줄 것이다.

　이것은 어떤 이유일까? 소개장이라고 하는 한 장의 종이가 당신 자신의 신용과 가치를 높여주었기 때문이다. 바로 광배 효과를 톡톡히 본 것이다.

　좀 더 일상적인 이야기로 옮겨보자. 당신이 길에서 택시를 기다리는데 두 내의 택시가 와서 섰다. 두 사람의 택시 기사 중 한 사람은 말끔한 제복을 입고 있고, 다른 한 사람은 헐렁한 티셔츠를 입고 있다면 당신은 어느 택시에 타겠는가? 당연히 제복을 입은 기사 쪽을 선택할 것이다. 물론 티셔츠를 입은 기사가 운전 테크닉도 있고 서비스 정신도 더 투철할 수 있다. 그러나 말끔한 제복의 이미지는 사람에게 안도감을 주는 효과가 있다.

비행기 안의 승무원들이 티셔츠에 청바지 차림으로 승객을 대한다면 어떤 분위기가 조성될까? 나 같으면 절대 그 비행기는 타지 않을 것이다. 안도감이 들지 않기 때문이다.

또 교복을 산뜻하게 차려입은 여고생을 보면 교복을 입었다는 것만으로도 순결하고 순수함을 느낄 수 있기에 뭇 남성들의 가슴이 뛰는 것이다. 이런 것 모두가 바로 광배 효과이다.

예를 들어 여기에 세 장의 사진이 있다고 하자.

A. 노신사의 사진.

B. 머리를 짧게 자른 여성의 사진.

C. 태어난 지 얼마 되지 않는 아기의 사진.

이 세 장의 사진 중에 최근 세상을 떠난 대학 교수의 사진이 있다. 과연 A, B, C 중 어느 것일까?

A라고 대답한 사람은 아직도 광배 효과에 현혹되어 있는 사람이다. 이 물음에 대한 대답은 '모른다' 가 정답이다. 어느 것이 교수의 사진인지 모르는 것이다. 흔히 교수라는 직위를 들으면 바로 남자로 생각해 버리기 쉽다. 그러나 여성 교수도 엄연히 존재한다. 그렇기에 B가 정답일 가능성도 있다.

또 언제 촬영한 사진인지를 알려고 하지 않았다. 이것도 교수라고 하면 나이 든 남성을 생각해 버리는 편견이 있기 때문이다. 벌써 오래 전에 촬영한 사진이라면 C의 아기 사진이 정답일 수도 있다. 즉, 이 질문은 주어진 조건이 별로 없고 정답이 없는 질문인 것이다.

이성 간의 연애에 있어서도 광배 효과는 큰 위력을 발휘한다. '사랑을 하면 눈이 먼다', '마마 자국도 보조개' 이런 말들이 의미하는 것이 바로 그것이다. 사랑을 하고 있을 때는 상대에게 열중해 냉정한 판단력을 잃어버린다. 좋아할 때는 상대의 장점만 보이더니 결혼을 하

니까 상대의 결점만 보이더라는 말을 자주 들을 수 있는 것도 그런 이유다.

이성 간에 호의를 갖고 상대를 보면 모든 것이 이상적으로 보인다. 이 사람 없이는 도저히 살아갈 수 없다는 생각에 사로잡히기도 한다. 다시 말해 태양(사랑하는 상대)의 방향에 있는 사물을 보려고 하면 태양 때문에 눈이 부셔서 제대로 볼 수가 없다. 이 상태가 광배인 것이다.

냉정한 판단력을 잃으면 상대의 본질을 제대로 보지 못하기 때문에 속기 쉽다. 특히 겉멋을 중시하는 사람일수록 지위나 신분의 광배에 좌우된다. 허영심과 과도한 욕구에 의해 생기는 심리인 것이다.

일상생활에서 우리는 자신에게 주어진 역할을 수행하고 있다. 회사나 학교, 가정, 지역 사회 등 집단에서 자신의 위치에 상응하는 역할을 수행하고 있는 것이다.

가정에서 부모는 부모로서의 역할을 수행하고 있다. 자녀들을 키우고, 지켜 나가기 위해 자식들에게 약한 모습을 보이지 않고 기대려 하지 않는다. 자녀 역시도 자식으로서의 역할을 행하고 있다. 때로는 어리광을 부리기도 하고 버릇없이 굴기도 하지만 부모에게 순종하고, 부모의 기대에 부응하기 위한 노력을 기울이며 자녀 본연의 역할을 수행하고 있는 것이다.

역할은 상대나 장소에 의해 변하기도 한다. 장소에 따라 자신의 태도를 바꾸는 것도 필요하다. 부모, 애인, 친구, 자식 등 자신이 맡고 있는 여러 역할을 수행하는 것에 의해 집단에 적응할 수 있고 자연스럽게 인간관계를 유지해 나갈 수 있는 것이다.

인간은 주목받고 싶어하고 사랑받고 싶어하는 소망이 있다. 심리학에서는 갈채감(喝采感)이라 한다.

주목받고 싶어하는 소망을 이루기 위해서 인간은 여러 역할을 행하고 자기 표현을 한다. 또한 이렇게 주목받고 싶고, 사랑받고 싶고, 갈채받고 싶어하는 생각들이 마음속에 하나의 이상적인 별도의 대상을 만들게 되는데 그것이 바로 이상상(理想像)이다.

인간은 누구나 연기자이면서 동시에 각본가이다. 트렌디 드라마를 보면서 '나도 멋있는 사람을 만나 저렇게 멋있는 사랑을 하고 싶다'는 생각이 들면 자신이 각본을 짜고 그것을 연기하려고 한다. 그러나 인생이라는 게 그렇게 만만한 것이 아니다. 대부분의 경우는 각본대로 진행되지 않고 서툰 연기로 실패를 하고 만다.

자신의 이상(理想)으로서의 연기가 현실과 일치되었을 때를 피크 체험이라 하고 그때 처음으로 최고의 감동을 느낄 수 있다.

기대되는 역할과 자신(능력이나 성격, 욕구 등)이 일치되지 않거나 차이가 현저하게 드러날 때 비극이 생긴다.

예를 들어 승진해서 부장이 된 사람이 그 역할을 제대로 수행하지 못해 상사와 부하의 틈 사이에서 갈등하며 신경을 너무 쓴 나머지 노이로제에 걸렸다. 흔히 있을 수 있는 일이다. 이것을 심리학적으로 역할 갈등(役割葛藤)이라고 한다. 어린 시절에 별로 책임있는 입장에 서보지 않았던 사람은 그 역할을 무리하게 수행하려다 오히려 그로 인해 생긴 스트레스에 지고 만다는 것이다.

그러면 여기서 하나의 테스트를 해보자. 당신이 어떤 이상상을 택하고, 그 상은 심리학적으로 무엇을 의미하는지를 알아보는 테스트다. '백설공주' 이야기는 누구나 다 알고 있을 것이다. 그 이야기에 등장하는 인물들 중 당신이 연기하고 싶은 사람은 누구인가?

A. 백설공주.
B. 계모.
C. 왕자.
D. 일곱 난쟁이.

A : 백설공주를 택한 사람은 밝은 성격에 사람들에게 사랑받는 타입이다. 그러나 의뢰심이 강하고 판단력이 흐리다. 사람을 보는 눈도 부족하고 주위 사람들에게 폐를 끼치는 타입이다.

B : 계모를 선택한 당신은 남을 별로 신용하지 않는 자기중심적인 사람이다. 단, 상상력이 풍부해서 사고력이 깊은 일면도 있다.

C : 왕자를 선택한 당신은 사기당하기 쉬운 타입이다. 지위, 재산, 명예 등 외견에 속기 쉽고 상대의 본질을 파악하는 능력이 부족하다.

D : 일곱 난쟁이를 고른 당신은 친절하고 남을 배려할 줄도 아는 사람이지만 애쓴 보람이 없는 헛수고를 몇 번이고 경험해 본 사람이다. 상대에게 친절을 베풀고도 배신당한다는 것은 지금부터라도 심사숙고할 문제이다.

6

허물을 벗기 위한 이런 생각들

상담(商談)의 요소에서 중요한 것은 아이디어와 상대를 설득하는 테크닉이다. 아이디어를 짜내서 상대를 설득할 수 있다면 그야말로 금상첨화라 할 수 있겠다.

어느 무역 회사에 근무하는 세일즈맨은 중요한 상담이 있는 날은 전철로 출근하지 않고 택시를 탄다. 허영심이 많은 것도 아니고 돈이 많은 것도 아니다. 그의 집은 변두리에 위치하고 있어 택시로 시내까지 나오려면 택시 요금이 만만치 않다. 더구나 러시아워의 복잡함으로 인해 소요 시간도 전철을 타는 것보다 30분이나 더 걸린다. 그러니 그런 날은 평소보다도 더 빨리 집을 나서지 않으면 안 된다. 그러나 그는 이런 연유로 영업 실적이 좋은 사원으로 회사에서 인정받고 있다.

도대체 이게 무슨 말인가? 중요한 상담이 있는 날에 돈과 시간을 써가며 택시로 출근하는 것과 영업 실적이 무슨 연관성이 있단 말인가?

"상담의 아이템을 생각하는 데는 택시 안이 가장 좋습니다."

그는 이렇게 말하고 있다. 진검 승부를 앞둔 시점에 살인적인 지하철을 타고 출근하면 절대로 좋은 생각이 떠오르지 않아 일의 성과를 기대할 수 없고, 밤새 휴식을 취하며 생각했던 아이디어도 복잡한 전철 안에서 시달리다 보면 짜증과 함께 날아가 버린다는 것이다. 그것에 비하면 다소 돈이 들더라도 택시를 타는 것이 효과적이라고 말한다. 전략을 짜기 위한 장소로 복잡한 도심을 천천히 달리는 택시 안만큼 최적의 장소는 없다는 것이니 참으로 독자적인 방법이다.

또 중요한 업무가 있는 날에는 30분 정도 거리를 걸어서 출근하는 사람도 있다. 천천히 걷는 행위가 그에게는 아이디어 창출의 최적 환경을 제공해 주는 것이라 한다.

이 두 가지의 예는 일반 샐러리맨이 보통 사람 이상의 아이디어를 창출하기 위해서는 단조로운 일상의 패턴에 변화를 줄 필요성이 있다는 것을 말하고 있다.

미국의 어느 심리학자의 보고에 의하면 인간관계에서 실패하는 사람의 대부분은 그 사람에게 실력이 없기 때문이 아니라 늘 똑같은 일상생활에 변화를 주려고 하는 노력을 게을리 했기 때문이라고 한다.

대부분의 사람은 자신이 가진 능력의 10%밖에 활용하지 못한다고 한다. 100% 자신의 능력을 발휘하기 위해서는 우선 일상생활의 단조로움을 해소할 수 있는 방안을 모색해 보도록 하자.

단조롭고 틀에 박힌 리듬을 조금 변화시키는 것만으로도 새로운 아이디어가 떠오르고 그것에 의해 목적도 달성할 수 있다.

세일즈의 교섭과 입사 시험의 면접에는 하나의 공통점이 있다. 그것은 거절당한 뒤에 찬스가 온다는 것이다. 어떤 방법을 다 동원해도 상대가 자신을 이해해 주지 않거나 상품을 사줄 기미가 보이지 않거나 채용해 줄 희망이 없는 경우 '다 끝났다'고 소극적인 생각을 갖게 된다. 그러나 거기에서 손을 털고 일어나서는 안 된다. 거절당한 뒤에 찬스를 잡아야 한다. 이 시기의 적절한 행동으로 보다 유리한 조건으로 상담을 진행할 수 있고, 입사의 희망도 이룰 수 있는 것이다.

뉴욕의 '메시 백화점'의 입사 시험을 본 어느 미국인 청년이 있었다. 그는 성적도 별로 좋지 않았고 면접 시험 때도 중역들에게 좋은 인상을 남기지 못했다. 그런 그에게 불합격 판정은 지극히 당연한 것이었다. 그러나 그는 그 자리를 나와 집으로 돌아가지 않고 세 시간에 걸쳐 백화점의 구석구석을 돌아보았다. 그리고 중역실에 즉각 전화를 걸었다.

"저는 이 백화점에서 일하고 싶은 생각에 면접 시험이 끝난 뒤 3
시간에 걸쳐 구석구석을 돌아보았습니다. 제가 할 수 있는 일을 찾
기 위해서였습니다. 저에게 맞는 일이 열 군데 정도 있었습니다. 그
중 어느 것이라도 상관없습니다. 견습생이라도 시켜만 주신다면 열
심히 하겠습니다."

그의 말은 중역의 마음을 움직여 한 번 더 면접 시험의 기회가 주어
졌고, 그는 드디어 자신이 원하던 일자리를 얻게 되었다.

거리를 활보하는 커플이나 친구 사이를 유심히 볼 것 같으면 어떤 공통점을 발견하게 된다.

얼굴의 형태, 말투, 체격, 성격 등 유사점이 많다. 사람은 원래 자신과 비슷한 특징을 가진 사람에게서 편안함을 느끼는 특성이 있기 때문이다.

둥근 얼굴형의 사람은 자연히 둥근 얼굴형의 사람과 잘 어울리고, 행동이 굼뜬 사람은 역시 같은 부류의 사람과 잘 어울린다. 처음 만난 사람이지만 금세 마음이 통한다고 하는 것은 대체로 상대가 어딘가 자신과 비슷한 부분을 가지고 있기 때문이다.

특히 자신이 마음에 들어하는 특징을 상대도 가지고 있는 경우엔 더욱더 그렇다. 눈에 자신이 있는 사람은 역시 눈이 아름다운 사람에게 끌리고, 예전에 밴드 활동을 했던 사람은 음악에 흥미가 있는 사람이나 악기를 연주할 수 있는 사람에게 마음이 끌리게 되는 것이다. 심리학에서는 이것을 '페디시즘' 이라고 한다. 모발에 자신이 있는 사람은 모발에 페디시즘을 가지고 있기에 모발이 깨끗한 사람이 아니면 마음이 끌리지 않는다.

마음이 맞는 사람끼리 같은 디자인의 티셔츠를 입는다거나 같은 종류의 액세서리를 하는 등 같은 것을 갖고 싶어하는 것은 이런 심리 작용의 표현이기도 하다. 또 그렇게 함으로써 단순히 안도감만 얻는 것이 아니라 '함께' 라는 일체감까지도 갖게 되는 것이다.

그렇다면 특히 어떤 점이 닮은 사람들끼리 서로 끌리게 되는 것일까?

1. 외견.

2. 성격.

이렇게 두 종류로 나눌 수 있다.

1. 외견. 스타일이 닮은 사람이 좋은 경우

성격이나 얼굴, 체격 등 한눈에 바로 알 수 있는 특징을 가진 사람은 외형적 특징이 전혀 다른 사람과는 어울리고 싶어하지 않는 경향이 강하다. 날씬하고 스타일에 자신이 있는 사람은 역시 날씬하고 자신과 많이 닮은 사람과 어울리고 싶어한다.

2. 성격이 비슷한 사람이 좋은 경우

외향적인 성격의 사람으로 행동에 거침이 없는 사람은 어울리는 상대 역시도 외향적이 아니면 잘 어울리지 못한다. 유유자적한 성격으로 행동이 굼뜬 사람을 보면 짜증을 낸다. 반대로 행동이 느리고 내성적인 사람은 사교적인 사람과는 어울리지 못한다. 서로의 성격이나 가치관이 다를 경우엔 갖는 느낌도 서로 다르기 때문이다.

그러나 성격이나 외관이 완전히 정반대인 사람을 좋아하는 경우도 있다. 특히 이성의 경우에 자신에게 없는 부분을 상대에게 찾으려고 하는 경향이 있다.

자신의 눈이나 입, 코에 콤플렉스가 있다든지, 자신의 소극적인 성격을 싫어하는 사람은 그 반대의 사람을 좋아한다. 눈이 작은 사람은 큰 사람을, 입술이 얇은 사람은 입술이 두꺼운 사람을, 코가 낮은 사람은 코가 높은 사람을, 소극적인 사람은 적극적인 사람을 동경한다. 키가 작은 여자일수록 남자의 신장 조건에 까다롭게 구는 것도 이런 이유 때문이다.

처음에는 성격이 다른 상대와 이야기를 하면 짜증이 난다거나 말다

툼을 하는 경우도 생긴다. 그러나 만남이 거듭될수록 '생각했던 것보다…' 하는 생각을 갖게 된다. 상대가 나와 의견을 달리 할 때도 '네가 말하는 것도 옳다'는 생각이 들 정도로 발전하게 된다.

이처럼 전혀 다른 타입의 사람끼리도 어울릴 수 있는 것은 자신에게 없는 것을 상대에게서 보충하려는 심리 때문이다. 심리학에서는 '성격의 상보성(相補性)'이라고 한다.

의기소침해 있을 때나 이것저것 잘 풀리지 않을 때, 자신과 성격이 다른 사람의 충고가 위안이 되는 경우도 있다. 그러나 사소한 일로 늘 걱정하는 사람이 내성적이고 소극적인 사람에게 상담을 의뢰한다면 오히려 마이너스 요인만 가중될 뿐이다. 상담 상대로 외향적이고 적극적인 성격의 사람을 택한다면 그 결과는 소극적인 사람에 비해 플러스 요인이 훨씬 더 많아질 것이다. 반대로 매사에 적극적인 사람은 소극적인 사람과의 대화를 통해 행동에 좀 더 신중을 기할 수 있는 계기를 갖게 될 수도 있을 것이다.

　대인 관계에서 첫인상은 그 후의 관계에 큰 영향을 미친다. 특히 남녀 관계에 있어서는 무엇보다도 첫인상이 중요하다. 처음 만난 두 사람이 그저 그렇게 끝날 것인가, 사랑의 파트너가 될 것인가는 첫인상에서 결정된다.

　예를 들어보자. 당신은 처음 만나는 여자의 어디를 가장 먼저 주목하는가?

　1. 얼굴, 특히 눈.
　2. 얼굴 전체.
　3. 가슴 주변을 중심으로 한 상반신.
　4. 다리 등의 하반신.
　5. 상대를 제대로 보지 못한다.

　1 : 상대의 눈을 보는 사람은 밝고 성실한 인상을 상대에게 준다. 그러나 너무 뚫어지게 보는 것은 도발적인 시선으로 성적인 어필을 하고 있는 것으로 오해를 받을 수 있다.

2 : 얼굴 전체를 보는 사람은 상대에게 호감을 주는 타입이다. 당신 스스로 온화한 분위기를 자아내는 것과 동시에 상대에게 안도감을 준다. 부담없이 대화할 수 있는 상황을 만들어주고 있는 것이다.

3 : 이런 시선은 상대에게 무엇인가 비밀을 찾아내려고 하는 듯한 느낌을 주어 별로 좋은 인상을 주지 못한다. 당신 자신이 허세가 있고 고집이 강한 타입이다.

4 : 무엇보다도 상대에게 불쾌감을 주는 시선이다. 상대의 하반신에 마음을 쓰는 행위는 자신의 하반신에도 꽤 신경 쓰고 있다는 증거다. 상대에게는 직접적인 섹스를 연상시킨다. 이 시선으로 인해 상대에게 불쾌감을 주었다면 상당한 시간이 지나도 만회하기 어렵다. 주의해야 한다.

5 : 상대를 제대로 보지 못하는 사람은 상당히 수줍어하는 성격이거나 극히 소극적인 타입으로 상대에게 신뢰받기가 어렵다.

중요한 것은 처음 만난 상대에게 섹스를 연상시키는 듯한 말이나 행동을 해서는 안 된다는 것이다. 어떤 여자라도 처음 만난 남자 앞에서는 요조숙녀 행세를 하고 싶어한다. 갑자기 섹스를 연상시키는 듯

한 언동을 취하면 상대는 눈살을 찌푸릴 수밖에 없는 것이다.

그러나 전혀 섹스를 연상시키지 않는 남자는 여자에게는 지루한 상
대다. 그렇기에 간접적으로 성적 이미지를 연상하게끔 하는 테크닉이
필요하다. 예를 들면 이런 식이다.

"호텔의 전망대 레스토랑에 자리를 예약해 두었습니다."

'호텔'이라는 말을 들으면 무엇이 바로 연상되는가? 이렇게 성적
이미지를 슬쩍 내비치는 작업 테크닉이 필요하다.

사람의 잠버릇에도 나름대로의 특이한 개성이 있다.

사람이 잠을 잘 때 가장 편안한 자세는 태아처럼 몸을 동그랗게 구부린 상태라고 한다. 프랑스의 정신과 의사 '베르제'에 의하면 그것은 컨디션에 의해서 알 수 있다고 한다. 몸이 피곤할 때, 정신적으로 의기소침해 있을 때, 즐거울 때 등의 체험이 잠을 잘 때의 자세에서 나타난다는 것이다.

잠자리에 들어서 아침에 일어날 때까지 계속 똑같은 자세로 자는 사람은 없다. 특히 피곤할 때나 불안할 때는 자주 뒤척이게 된다.

옛날 사람들은 이 잠자는 모습을 토대로 건강 상태와 운세를 점쳤다. 자고 있는 자세가 산처럼 묵직하게 보이는 사람은 영웅호걸이 될 운세라 하였고, 자는 모습이 아름다운 여성은 사람들에게 사랑을 받으며 살아간다고 하였다. 자, 그렇다면 당신은 잠을 잘 때 주로 어떤 자세를 취하는가?

몸을 움츠리고 잔다

아이디어나 사고력이 뛰어나다. 작은 일에도 신경 쓰는 스타일로 매사를 분석하고 판단하는 일에 적합하다. 그러나 다분히 변덕스러운 면이 있어 기분이 좋을 때와 그렇지 않을 때는 마치 다른 사람처럼 변하기도 한다.

· 건강 상태―내장계, 특히 위장이 약하다.

· 운세―아이디어나 개성을 살리면 성공한다. 작사가, 디자이너, 매스컴 계통에 적합하다.

大 자 형으로 팔다리를 펴고 잔다

낙천적이고 남을 배려하는 성격으로 곤란한 처지의 사람을 보면 그냥 지나치지 못한다. 사람 좋은 탓에 실연의 아픔도 종종 겪지만 금세 털고 일어난다. 회사에서는 팀워크를 중시하고 동료나 상사, 부하로부터 신뢰를 받고 있다. 싫증을 잘 내는 것이 단점이다.

· 건강 상태―스태미나가 넘치는 정력가. 그러나 기분에 좌우되기 쉬워 스트레스를 받으면 돌연 두통이나 복통을 일으키기도 한다.

· 운세―세일즈나 서비스업에서 성공할 수 있다.

엎드려 잔다

아이들처럼 외로움을 잘 타는 사람이다. 누군가에게 기대고 싶어하는 기분이 강하다. 그러나 가끔씩 대담한 행동을 해 주위를 놀라게 한다. 처음부터 하나하나 이루어 나가는 것보다 일확천금을 노리는 경향이 있다. 한 번 실패하면 큰 상처를 받기 쉽다. 모성적인 애정을 갈구하는 남성에게 많은 자세다.

· 건강 상태—팔다리에 피로감이 두드러지고 성적인 불만으로 고민하기 쉽다.

· 운세—기술자형. 특수한 기술을 익히거나 아이디어로 큰돈을 버는 일에 적합하다. 샐러리맨보다는 개인 사업에 승부를 걸어야 한다.

똑바로 누워서 잔다

매우 소극적인 사람으로 내성적인 여성에게서 많이 볼 수 있다. 참을성이 많은 성격으로 순응성이 뛰어나고 튀는 행동을 싫어한다. 전형적인 샐러리맨형 인간이다.

· 건강 상태—기관지가 약하다.

· 운세—사무 처리 능력이 뛰어난 사람이 많다. 공무원, 경찰관, 법률가에 적합하다.

좌반신을 깔고 옆으로 누워 잔다

이상이 높고 늘 새로운 것을 갈망한다. 그러나 자기중심적인 행동으로 주위의 경계를 받기 쉽다. 여자라면 남자 이상으로 의지력이 강하다.

· 건강 상태—피곤하면 간장(肝臟)에 표가 난다.

· 운세—직장 생활로는 만족하지 못한다. 거친 야생마형으로 주식이나 부동산 투자에 뛰어난 감각이 있다.

우반신을 깔고 옆으로 누워 잔다

주의력이 깊고 매사에 신중하다. 무엇이든 자신에게 주어진 일은 성실하게 완수한다. 그러나 때로는 신중함이 지나쳐 결단력이 부족해 보이는 경우도 있다.

· 건강 상태—심장과 혈관계에 쉽게 피로를 느낀다.

· 운세—차분하게 연구하거나 조사하는 일에 적합하다. 어시스턴트나 여성이라면 비서직도 권장할 만하다. 저축성도 뛰어나다.

먼저 다음과 같은 테스트를 해보자.

Q. 당신은 매우 아름다운 여성을 사랑하고 있다. 만남이 거듭되는 동안 점점 그녀에게 빠져들어 마침내 프로포즈를 하기에 이르렀다. 그러나 아쉽게도 그녀의 대답은 'No!' 였다.

그러면 구체적으로 그녀는 뭐라고 말하며 당신의 프로포즈를 거절했을까?

1. 농담하지 말아요. 누가 당신 같은 사람하고 결혼한대요?
2. 나보다도 더 당신에게 어울리는 여자가 있을 거예요.
3. 미안해요. 사실 저 결혼했어요.
4. 나는 남자에게 흥미가 없어요.

이것은 '자기 평가'를 체크하는 테스트로 스스로 자기 자신에 대해서 어떤 평가를 하고 있는지 그 잠재의식을 추측해 보는 것이다.

우리는 타인을 평가할 때 '저 사람은 신용할 수 없어', '상냥한 사람이다' 등 말로는 표현하지 않더라도 마음속으로는 나름대로 여러 종류의 평가를 하고 있다. 또 자기 자신에 대해서도 '사실 나는 사장이 될 만한 그릇이 아니야', '난 역시 안 돼! 제대로 하는 것이 없어' 등의 자신 나름대로 평가를 하고 있다.

그런데 사실은 이 타인에 대한 평가와 자기 평가는 서로 밀접한 관계가 있다.

미국의 심리학자 '월스터' 는 다음과 같이 분석했다.

일반적으로 자기 평가를 높게 하는 사람은 자신의 애인이나 친구가 매력적인 사람이기를 바라고, 자기 평가를 낮게 하는 사람은 타인에게 별로 많은 것을 바라지 않는다.

한 가지 재미있는 사실은 지금까지 자기 평가를 높게 했던 사람이라도 일이나 연애에 실패해 정신적으로 침체해지면 지금까지 별로 매력을 느끼지 못했던 상대에게 갑자기 매력을 느낄 수도 있다는 것이다.

예를 들어 젊고 매력적인 여자가 '저런 사람은 나하고는 안 맞아' 하며 거들떠보지도 않았던 남자에게 결혼 적령기를 넘기고 나서 갑자기 연애 감정을 갖게 되는 경우도 있다. 이것은 적령기에 의해 자기 평가가 낮아진 만큼 상대에의 평가가 상대적으로 높아져 결점보다도 장점이 보이기 시작했기 때문이다.

또 무명 생활 10년을 거쳐 일약 스타가 된 연예인이 지금까지 함께 동고동락했던 부인과 이혼을 하고 더 젊고 매력적인 여자와 결혼을 했다면 그것은 자기 평가와 상대에 대한 평가와의 균형 관계가 무너지면서 생기는 심리라고 생각할 수 있다. 부인이 그늘 속의 공로자였다는 건 잘 알고 있지만 자기 평가를 높게 하면 할수록 자신에게 어울리지 않는 상대라는 생각도 커지는 것이다. 연예인들 중에 이혼, 재혼의 케이스가 많은 것은 떴다, 사라졌다 하는 격렬한 세계에서 살아가는 사람들의 숙명인지도 모른다.

자, 이제 처음의 이야기로 돌아가자. 당신이 고른 대답에 당신의 자기 평가가 그대로 반영되는 것이다.

1의 대답을 고른 당신은 자기 평가가 대단히 낮은 사람으로 능력이나 용모에 대해 강한 콤플렉스를 갖고 있다.

2의 대답을 골랐다면 당신은 상대가 아무리 뛰어난 미인이라도 자신에게는 부족하다고 생각하는 사람이다. 주위에 신경 쓰지 않는 타입으로 자기 평가를 상당히 높게 하고 있다.

3이나 4의 대답을 고른 당신은 실연을 당해도 자신에게 좋은 쪽으로만 생각하려는 사람이다. 상처받지 않으려 하는 본능적인 자기 보호 의식이다. 그렇기에 상대가 유부녀든 동성애자이든 본인의 상처는 그리 깊지 않다. 또 자신의 매력에 그다지 자신을 가지고 있지 않다. 자기 평가는 보통이거나 조금 낮을 수 있다.

'성격'을 영어로 '퍼스낼리티'라고 한다. 이것은 라틴 어의 '페르소나'에서 유래된 것으로 성격과 얼굴의 두 가지 뜻을 가진 말이다.

사람은 누구나 이중, 삼중 혹은 그 이상의 인격을 가지고 있다. 상대에 따라서 사용하는 몇 개의 '얼굴'도 가지고 있다. 숨겨진 자신의 진정한 얼굴이 있고, 남들에게 보이기 위한 꾸민 얼굴이 있다. 대부분의 사람은 자신의 진정한 얼굴을 남에게 보이려 하지 않는다. 그러나 때에 따라서는 자신이 의식하지 못하는 가운데 숨겨진 얼굴을 내미는 경우가 있다. 특히 남녀의 연애에 있어서 초기에는 진정한 얼굴을 드러내지 않지만 어느 시기가 되면 정말로 자신의 진면목을 내놓고 싶고, 있는 그대로 자신을 봐주기를 바라는 원망(願望)이 강해진다.

윤게는 인간의 궁합에 네 개의 포인트가 있다고 했다.

1. 첫눈에 반하는 직감형.
2. 좋아진 이유를 구체적으로 추급(追及)하는 사고형.
3. 이유없이 좋아하는 감정형.
4. 서로 마음이 잘 맞는다고 느끼는 감각형.

서로의 성격과 취미, 생각하는 것, 행동거지가 딱 들어맞는 커플은 완벽한 커플처럼 보이지만 의외로 그렇지 않다. 오히려 성격이 서로 달라서 상대의 싫은 부분에 대해서 다투기도 하고 갈등도 쌓이면서 조금씩 서로를 이해해 나가는 커플의 친근함이 더하다.

그런데 '부부는 닮는다' 는 말처럼 패션이나 흥미, 취향 등이 거의 일치하는 닮은꼴 커플도 많다. 이처럼 균형 잡힌 남녀가 커플이 되기 쉽다는 논리를 심리학에서는 '매칭 가설(假說)' 이라고 한다.

매칭 가설을 증명하기 위해 미국의 심리학자 키슬러는 한 실험을 했다. 몇 명의 남자 학생을 피험자(被驗者)로 삼아 지능 테스트라 말하고 어떤 테스트를 받게 한 것이다.

이것은 전항에서 소개했던 자기 평가를 판정하는 테스트로, 자기 평가를 높게 하는 학생들과 자기 평가를 낮게 하는 학생들로 나누어 두 개의 그룹으로 분류했다. 그리고 각각의 학생 한 사람씩을 어느 여자와 만나게 했다. 피험자가 여자에게 주소를 묻거나 전화번호를 물어보며 직극직인 대쉬를 시도하는지를 알아보는 실험이었다. 그런데 사실 여자는 한 사람으로, 메이크업 조작으로써 이미지가 전혀 다른 두 사람으로 변신을 시켜 각각의 상황에 대응시켰다.

이 실험의 결과, 자기 평가를 높게 하는 학생은 여자가 미인형의 매력적인 모습으로 변신을 했을 때 적극적으로 데이트를 신청하고, 자기 평가를 낮게 하는 학생은 여자가 추녀의 얼굴로 변신했을 때 데이트 신청을 하는 행동을 보였다. 당연히 남자라면 미인형의 매력적인 여자에게 호감을 갖게 마련이지만 '말을 걸었다가 거절당하면 창피하다', '데이트 신청을 했다가 거절당하면 자존심만 상한다' 등의 이유로 주저할 수밖에 없었던 것이다. 이런 예는 특히 자신의 가치를 낮게 평가하는 사람들에게서 많이 볼 수 있다. 그런 자신이기에 미인에게는 소극적인 태도를 보이다가 미모가 떨어지는 여자를 보자 비로소 적극적인 태도를 취하는 것이다.

키슬러는 이 실험으로 '매칭 가설'을 증명한 것이다.

사람은 자존심이 상할 수 있는 모험은 가능한 피하려고 한다.

당신이라면 어떻게 하겠는가?

"나라면 당연히 미인에게 말을 걸지."

말은 이렇게 하지만 실제로는 반대의 행동을 하는 것은 아닐까?

또 다른 각도에서 말하자면 미녀일수록 주위에 남자들이 많을 것 같지만 사실은 더 고독하게 지내는 경우가 많다. 이것은 남자들이 그녀에게 말을 걸고 싶어도 거절당할까 봐, 즉 자신의 자존심이 입게 될 상처가 두려워 쉽게 접근을 하지 못하기 때문이다.

남들은 어떻게 볼지 몰라도 자신에게는 자신의 분수에 맞는 상대가 가장 안심할 수 있는 상대라고 생각하기 때문에 세상엔 닮은꼴 부부도 많은 것이다.

여자가 혼자만의 삶을 시작할 때 가장 먼저 사는 가구는 무엇일까? 답은 거울이다.

거울 없는 여자의 삶은 생각할 수 없다. 무엇을 하더라도 거울 없이는 기분이 진정되지 않는다. 그것도 하나만이 아니라 방이나 거실, 화장실 등 집 안 곳곳에 거울을 두고 그 앞을 지날 때마다 자신의 얼굴을 체크하는 것이다.

어느 회사에서 여자 화장실 안의 거울을 한동안 치워놓았더니 대부분의 여자 사원이 갑자기 불안한 증세를 느끼며 업무에 전념하지 못했다고 한다.

여자에게 거울은 자기 도취(나르시시즘)의 상징이기도 하다. 거울로 자신의 모습을 자주 보는 여자는 미(美)를 갈망하는 욕구가 강한 사람으로 남들에게 보이는 자신의 겉모습에 무척 신경을 쓰는 편이다. 그런 점이 오히려 자신을 더 아름답게 하는 효과도 있다. 이 자기 암시 효과를 심리학에서는 '미러 효과'라고 한다.

당신이 그녀의 집을 방문했다면 우선 그녀의 방에 들어가 보라. 눈에 띄는 큰 거울이 있을 것이다. 그 거울의 형태로 그녀의 나르시시즘의 정도를 알 수 있다.

사각형 거울

조심스러우며 점잖은 타입이다. 연애에 대해서는 소극적인 타입으로 자기중심적인 이기심이나 자만은 거의 없다. 조금 강인하게 자신을 리드해 줄 남자가 나타나기를 학수고대하고 있다(나르시시즘도 20% 이하).

길쭉한 원형 거울

프라이드가 높고 질투심이 대단히 강한 타입니다. 남자에게 고분고분한 순종형과는 아예 거리가 멀다. 철저하게 자기중심적인 타입이라 실연을 하면 다시 일어서기까지 상당한 시간이 걸린다(나르시시즘도 60% 정도).

삼각형 거울

성적인 스릴을 원하는 타입이다. 자신의 모습에 도취해 있는 타입

으로 평범한 삶을 원하지 않는다. 연애를 해도 자극적인 사람을 찾으려 하고 불륜에 쉽게 빠져든다(나르시시즘도 70% 정도).

원형 거울

소녀 시대에 동경했던 만화 영화의 주인공에게 아직까지도 마음을 두고 있는 공상적인 타입이다. 연애에 대한 이상도 높은 자기 도취형의 여성이다(나르시시즘도 80% 정도).

주위를 장식한 거울

한마디로 전형적인 공주병 말기 환자다. 언제, 어디에서든 자신이 주인공이 되지 않으면 직성이 풀리지 않는 스타일이다. 허세와 허영심이 강하고 하찮은 일이라도 자신이 생각하는 대로 되지 않으면 불안함을 느끼고 히스테리를 일으킬 정도다. 남자에게 있어서 가장 사귀기 힘든 여성이다(나르시시즘도 90% 이상).

당신은 자신의 이름에 대해 어떻게 생각하고 있는가? 좋다는 대답을 즉석에서 하는 사람도 있을 것이고 싫다고 손을 저으며 대답하는 사람도 있을 것이다. 그러나 자기의 이름을 좋아하느냐 싫어하느냐에 따라서 대인 관계에 큰 영향을 끼치는 경우가 있다.

내가 아는 어느 중년 남성의 경우 처음 그를 만났을 때 내가 이름을 물어보자 성만 알려주고 이름은 알려주지 않았다. 이상하게 생각한 나는 그 후에 그와 친한 다른 사람에게 그의 이름을 물어보았다. 그의 이름은 '긴빼이(金平)'라고 했다.

그 '긴빼이'라고 하는 이름 때문에 어린 시절에 '긴빼이!', '긴빼이!' 하고 숱한 놀림을 받았을 것이다. 그 좋지 않은 기억이 지금까지도 남아 있어서 '긴빼이'라는 자신의 이름을 싫어해 남들에게 이름을 말하려 하지 않는 것이다.

이처럼 발음상의 문제 때문에 무엇인가 이상한 것을 연상하게 하는 이름은 웃음거리가 되거나 놀림을 받기도 해 자신의 이름을 싫어하는 직접 원인이 된다. 그렇게 되면 자연히 대인 관계에서도 소극적인 태도를 취하게 되고, 그런 일이 되풀이되다 보면 성격적으로도 결함이

생겨 주위 사람들을 기피하게 되는 것이다.

여기서 잠깐 테스트를 해보고 싶다. 이것은 실제로 영국의 과학지 '사이언스 저널'에 발표된 연구 논문으로 과학적으로 증명된 실험이다. 그렇다고 부담을 느낄 만한 테스트는 아니다. 그냥 가볍게 대답해 보기 바란다.

Q. 여기가 영국에 있는 퍼브릭 스쿨이라고 가정하자. 이 기숙사는 3인의 생도가 한 방을 쓰는 시스템으로 수잔, 엘리자베스, 앤시아라고 하는 여대생이 같은 방을 쓰고 있다. 3인 다 서로 사이가 좋지만 3인 중에서 한 사람이 특히 인기가 많다. 자, 그 인기인은 3인 중에 누구일까?

이것은 어느 기숙사에서 생활하고 있는 여대생들의 이름을 조사해서 어떤 이름에 가장 인기가 집중되는지를 심리학적으로 조사한 것이다. 이 조사에 의하면 영국에 많은 일반적인 이름일수록 사람들이 친근함을 느낀다는 것이다.

여성의 이름으로 영국에서 가장 일반적인 이름은 '엘리자베스' 다. 수잔이라는 이름은 상냥한 여성의 이미지를 떠올리게 해 모두 좋아한다는 결과가 나왔다. 또 일반적임에도 불구하고 그 이름의 이미지가 어느 특정한 인물이나 유명인과 연결되는 경우에 그 이름의 당사자와 유명인과의 이미지의 차가 마이너스 요인으로 작용하면 그 사람의 성격 형성과 대인 관계에 있어서도 마이너스 영향을 받게 된다는 것이다.

예를 들어 엘리자베스라는 이름에서 연상되는 것은 엘리자베스 여왕이나 영화배우 엘리자베스 테일러일 것이다. 이 두 사람과 엘리자베스라고 하는 여대생의 이미지가 상당히 다른 경우, 주위의 사람들로부터 괜한 눈총을 받게 되어 본인도 내성적인 성격이 되기 쉽다.

또 일본의 경우 한 예로 '리에' 라는 이름의 여성이 있으면 사람들은 그 이름만으로도 아이돌 스타인 '미야자와 리에' 를 연상해 버린다. 그리고 두 사람 간의 이미지 차는 본인의 대인 관계나 성격에 마이너스 요인이 되어버리는 것이다.

또 테스트에 나왔던 '앤시아' 라는 이름처럼 외우기가 쉽지 않고 발음하기 까다로운 이름은 어떨까? 특수한 이름이라도 희귀하고 외우기

쉬운 이름이라면 사람들에게 주목받고 친구도 많이 생긴다. 본인도 이름에 만족하고 사교적인 성격이 된다.

그러나 기억하기 어렵고 발음하기 까다로운 이름은 그 반대다. 학교에서 성적이나 품행이 좋지 않은 학생이나 노이로제에 걸린 학생들 중에 난해한 이름을 가진 학생이 많다고 한다.

언젠가 모 회사 직원의 상담에 응한 적이 있었다. 그는 자신이 근무하는 회사 내의 한 동호인 클럽의 회장이라고 스스로를 소개했다. 그는 나에게 조언을 구하기 위해 이런 얘기를 들려주었다.

"클럽 내에 다분히 문제아인 A라는 남자 직원이 있습니다. 그는 모임에 지각과 결석이 잦을 뿐 아니라 'B는 신용할 수 없는 사람이다', 'C가 당신의 험담을 하고 다닌다' 등 이런 근거없는 거짓말로 동료들의 험담을 늘어놓습니다. 제가 회장으로서 주의를 주면 '죄송합니다. 본심은 아니었습니다. 용서해 주십시오' 이렇게 그때마다 반성을 하고 사과하는 겁니다. 그렇지만 다음날에 또 똑같은 행동을 반복합니다. 제가 어떤 대응을 해야 좋겠습니까?"

나는 잠시 대답에 곤란함을 겪었다. 관용을 베풀어 참을성있게 A를 감싸주라고 해야 할지, 제명 처분을 권고해야 할지. 결국 내가 충고한 것은 후자 쪽이었다.

그 이유는 관용만으로는 문제를 해결할 수 없다는 판단에서였다. 물론 참을성있게 진심으로 A를 대해준다면 언젠가는 진심이 받아들여질 가능성도 배제할 수는 없다. 그러나 A가 주위 사람들에게 끼치는 민폐의 단계가 점점 높아질 가능성도 있는 것이다.

A와 같은 행동은 소년기의 체험에 의해 만들어진 '자신과 타인에 대한 불신감'이 강한 사람에게서 흔히 볼 수 있다. 일부러 주위에서 자신을 싫어하게끔 실수를 저질러 최악의 상태를 만드는 행위인 것이다. 게다가 더 심한 것은 A는 그런 자신을 반성하고 깊이 후회도 한다고 했다. 그 역시도 나름대로 '자신은 가치가 없는 인간'이라는 생각을 갖고 있고 그것을 다른 사람이 알아주기를 바라고 있기에 그런 태도를 취하는 것이다. 사람들에게 미움을 받고 사회적 신용이 실추되는 것을 내면적으로 두려워하고 있다는 것이다. 그러나 더 깊은 무의식의 바닥에서는 그렇게 되기를 바라고 있다. 모순된 심리인 것이다.

따라서 상대가 참을성있게 관용을 보이며 용서해 준다면 '흥! 아직도 내가 어떤 놈이라는 걸 몰라? 이번엔 더 지독한 맛을 보여주지' 하는 식으로 점점 더 주위로부터 미움을 받기 위한 어떤 특정한 액션을 취할 것이다.

미국의 학자 밴은 이렇게 '자신을 거절하는 듯이 상대를 도발'하는 행동을 킥 미 게임이라고 이름 붙였다.

A가 이 게임의 대상으로 삼는 상대는 자신처럼 성격이 비뚤어진 타입의 사람이나 감정에 치우치기 쉬운 사람이다. 그렇게 보면 나에게 상담을 의뢰했던 그 사람은 감정에 치우치기 쉬운 타입이었기 때문에 A의 '킥 미 게임'의 상대로 선택되어졌는지도 모른다.

　만일 당신이 A와 같은 문제아로 인해 골머리를 썩은 경험이 있다면 당신 역시도 성격이 비뚤어졌거나, 너무도 완고해서 유연성이 부족한 성격, 혹은 정에 치우치는 성향이 있는 사람이다.

　또 당신이라면 A에 대해 인내하며 관대하게 대할 수 있겠는가? 본심을 말하자면 버거울 것이다. 그렇다면 그를 모임에서 제명하는 것이 당신의 정신 밸런스를 유지하는 데도 좋을 것이다.

　또 만일 현재의 당신이 A처럼 '이런 상태로 가면 파멸이다'는 자각을 하고 있으면서도 계속 트러블을 일으키며 직장을 옮겨 다닌다거나 이성과 만나면 일부러 상대가 싫어하는 언동으로 실연을 되풀이하는 등 주변에 폐를 끼치는 행동만 골라 하는 사람이라면, 또 그 일로 고민을 하고 있다면 지금 당장 정신과 상담을 권하고 싶다.

얼마 전에 집 근처의 백화점에서 바겐세일을 한다기에 가보았다. 마침 패션용품을 싸게 팔고 있었다. 나는 주위를 둘러보며 사람들을 살펴보기 시작했다. 나의 목적은 물건을 사기 위한 것이 아니라 '인간 관찰'을 하기 위한 것이었다. 바겐세일이라는 특수한 상황에서 나타날 수 있는 인간의 행동은 매우 흥미로웠다.

개점과 동시에 사람들이 몰려들었다. 대단한 인파였다.

우선 물건을 사고 있는 사람을 세 가지의 타입으로 구분해 보자.

1. 차분하게 고르는 사람

꽤 비싼 브랜드의 물건을 반액 이하로 팔고 있는 것이기에 어딘가에 사소한 결함이 있을지도 모른다. 그것을 염두에 두고 물건을 꼼꼼히 확인하면서 사고 싶은 것을 차분하게 고르는 사람.

2. 사람이 빠지고 난 뒤에 물건을 사는 사람

혼잡함에 잠시 물러나 있다가 사람이 줄어들고 난 뒤에 천천히 쇼핑을 하는 사람.

3. 무엇이든 일단 고르고 보는 사람

좋은 물건을 남에게 뺏기고 싶지 않아 무엇이든 상관하지 않고 손에 닿는 대로 챙기는 사람.

자, 당신이라면 이 세 가지 타입 중에서 어느 쪽에 가까운 행동을 하는가?

바겐세일에 익숙한 사람이라면 1, 2항이 얼마나 비현실적인 답안인지 금세 알아차릴 것이다. 백화점의 바겐세일이라고 하는 특수 상황은 마치 쇼핑을 위한 전쟁터와도 같다. 개점과 동시에 들이닥친 사람들은 한순간에 매장을 점령한다. 1, 2항의 예처럼 여유를 부렸다간 손수건 한 장도 사지 못하고 끝나 버릴 것이다.

3항의 예와 같은 행동을 하게 되는 이유는 상품 주위에 무리를 이룬 자신과 같은 사람이 많기 때문이다. 모두가 사니까 자신도 서둘러 사지 않으면 안 된다는 위기감에서 허겁지겁 불필요한 물건까지도 사게 되는 것이다. 이런 현상을 심리학에서는 '동조 행동'이라고 한다. 이 동조 행동에 대해 학자인 앳슈는 재미있는 실험을 행한 바 있다.

우선 9인의 피험자를 불러 간단한 테스트를 실시했다. 그러나 사실은 9인 중 8인은 피험자로 가장한 사람이고 피험자는 단 한 사람뿐이다. 실험은 지극히 간단했다. 물음에 대한 엉터리 답을 8인이 당당하게 말했을 때 나머지 한 사람이 어떻게 반응하느냐를 조사하는 것이다.

9인에게 굴곡이 전혀 없는 직선 하나를 보여주었다. 그리고 '지금 본 직선과 길이가 같은 선은 어느 것입니까?' 하는 질문과 함께 긴 선과 짧은 선, 그리고 앞의 직선과 길이가 똑같은 세 종류의 선을 보여주었다. 이때 피험자로 가장한 8인 모두가 긴 선을 골랐다. 사전에 이미 그렇게 하기로 합의했음은 두말할 것도 없다. 그러자 나머지 한 사람의 피험자는 마음속으로는 다른 생각을 하고 있음에도 불구하고, 결국은 8인과 같이 긴 선을 골랐다. 바로 이런 것이 동조 행동이다.

인간은 집단에서 따돌림을 당하거나 혼자 남겨지는 것을 두려워하는 마음에 가능한 타인과 같은 행동을 하려고 한다. 이것은 자신이 옳다고 생각하고 있어도 만일의 경우 틀렸을 때는 다른 사람들에게 심한 창피를 당할 것이라는 심리가 작용하기 때문이기도 하다. 비록 자신이 남들과 다른 생각을 하고 있을지라도 주위나 집단에 순응한다면 최소한 왕따당하는 일은 없을 것이라고 생각하기 때문이다.

Part 11

사람은 자신의 성격과
같은 특징의 색을 좋아하는 경향이 있다

어떤 색을 좋아하느냐에 따라 그 사람의 성격을 알 수 있다. 우선 당신이 가장 좋아하는 색을 머리 속에 떠올려 보라. 그리고 당신이 지금 생각했던 색에 관해서 당신이 어떤 이미지를 갖고 있는지 생각나는 대로 적어보기 바란다.

예 : 밝다. 활발, 냉정하다. 어둡다… 등.

대략적인 것만 말하자면 남성은 청색 계열의 한색(寒色)이나 선명한 톤의 색을 고른 사람이 많다. 또 여성은 적색 계통의 난색(暖色)이나 파스텔 칼라와 같은 엷은 톤의 색을 고른 사람이 많다. 또, 이것을 바꾸어 말하면 청색 계열을 고른 여성은 남성적인 면이 있다고 생각할 수 있고, 적색 계통을 고른 남성은 여성적인 면이 있다고 할 수 있다.

또 젊은 사람은 선명한 원색을 좋아하고 나이가 들수록 은근하고 고아한 색조를 좋아한다. 또한 그냥 '초록색이 좋다' 는 것이 아니라 '초여름, 융단처럼 깔린 잔디와 같은 녹색이 좋다' 는 식으로 미묘한 색조에 마음이 끌리는 사람은 정신적으로 꽤 숙성해 있음을 의미한다.

사람은 자신과 같은 성격의 특징을 가진 색을 좋아하는 경향이 있다. 앞에서 실시한 테스트로 당신이 떠올렸던 색은 당신 자신의 성격을 단적으로 표현해 주는 것이다. 즉, 당신이 대답했던 색과 그 이미지는 당신 자신의 성격에 관한 자기 진단이라 할 수 있다.

흔히 빨간색을 좋아하는 사람은 정열적이고 파란색을 좋아하는 사람은 냉정한 사람이라고 말하지만 꼭 그렇다고 단정할 수는 없다. 확실히 빨강은 신경을 고양(高揚)시키고 의욕을 북돋는 색이고 파랑은 엄숙하고 성실한 이미지를 주는 색임엔 틀림이 없다. 그러나 이런 색의 취향은 원망(願望)에 의해 크게 좌우된다. 자신의 약한 부분, 모자란 부분을 보충하기 위해서 사람은 그 색의 효과를 은연중에 몸에 지니고 있을 때도 있다.

상대의 성격을 종합해 파악하는 것은 색의 취향만으로는 어렵지만 어떤 색의 옷을 입고 있느냐에 따라 그날의 컨디션이나 기분을 추측할 수 있는 자료가 된다. 대부분의 사람은 아침에 일어났을 때의 기분에 따라 옷을 고르기 때문이다.

예를 들어 아침에 일어나 오늘은 보라색 스커트를 입어야겠다고 생

각한 여성이 있다고 하자. 보라색이 갖고 있는 이미지는 '섹시함' 과
'요염한 분위기' 다. 이 여성은 요염한 분위기의 사람일 수도 있고, 실
제로는 그렇지 않지만 요염한 여인을 동경하는 사람일 수도 있다.

이 테스트를 잘 응용하면 이런 색다른 경험도 가능하다.

만일 당신이 가장 좋아하는 색이 검정이라고 할 때 주위 사람들에
게 '검은색' 하면 어떤 것들을 연상하는가? 하고 물어보라. 모두의 대
답은 그 사람들이 당신에 대해 평소에 어떻게 생각하고 있는가를 간
접적으로 표현하는 말이 될 것이다.

꿈속에서 이루어지는 것들에 대한 해석은 분분하다. 잠재의식의 발로라고 말하는가 하면 단순한 우연의 연속, 혹은 무엇인가를 상징하는 것이라고 하기도 한다. 정신병리학자 프로이트의 '몽판단(夢判斷)' 이후 꿈에 관한 분석은 여러 방면에서 과학적으로 연구되어 왔다. 특히 예지학의 연구는 각 방면에서 활발하게 이루어지고 있다.

세계적인 호텔왕 '힐튼'은 경매에 나온 호텔을 구입할 때 입찰액을 얼마를 써야 할지 정하지 못하고 있다가 전날 밤 꿈에 나타난 숫자를 떠올리고 그것을 입찰액으로 기입해 버렸다. 그런데 그것이 멋지게 적중해서 근소한 액수의 차이로 힐튼은 목적한 호텔을 손에 넣을 수 있었다. 그 후 힐튼은 비지니스의 결단에 자주 꿈을 이용했다고 한다.

그와 비슷한 예로 미국의 제16대 대통령 링컨은 암살되기 얼마 전에 꿈속에서 자신의 유해가 안치되는 모습을 보았다고 전해지고 있다.

꿈이 현실로 고스란히 실행된 것이다.

미국의 어느 학자의 연구에 의하면 꿈의 삼 분의 일은 예지성을 가

지고 있다고 한다.

처음 찾아간 곳임에도 불구하고 전에 이런 풍경을 본 기억이 있는 듯한 경험을 한 사람이 많을 것이다. 다시 말해 '데자뷰(旣視感)'인 것이다.

또 꿈속이라고 하는 이성(理性)의 조절이 불가능한 영역에서는 평소에 의식적으로 감추려고 하는 심층 심리를 보는 것이 가능하다. 단, 그 의미는 직접 영상으로 볼 수 있는 것이 아니라 무엇인가 다른 사물에 빗대어 상징적으로 나타난다. 길에 늘어서 있는 전신주나 학교, 병원 등 꿈속에서 볼 수 있는 아무렇지도 않은 풍경이 심리적으로 무엇인가의 의미를 가지고 있는 것이다. 그러면 그 예를 들어가면서 그 의미를 살펴보기로 하자.

늘어서 있는 집들

꿈에서 집이 어둡고 희미한 모습이라면 집에 돌아가는 것을 두려워하는 공처가이다. 또 창이 많은 집을 보았다면 건강면, 특히 비만에 신경 써야 한다.

터널

마더 콤플렉스로 모친의 의존에서 벗어나지 못하는 불안감이나 탄생, 임신, 섹스의 관심을 의미한다.

병원

병이나 죽음에 대한 공포나 업무에 대한 무력감을 의미한다.

욕실

지금 안고 있는 고민을 빨리 해결하고 싶어하는 감정을 나타낸다.

경관

자신의 행동을 보호받고 싶어하는 욕망이나 지은 죄에 대한 처벌을 두려워하는 공포심이다.

이용사

머리를 자르는 꿈은 힘의 감소를 의미한다. 자신이 이용사가 된 꿈은 누군가 특정한 인물의 지위나 명예를 훔치고 싶은 욕망을 뜻한다. 자신이 머리를 자르는 꿈을 꾼 사람은 자신의 능력의 부족함을 남몰래 고민하고 있다.

도둑

사랑이나 권력, 명성을 얻고 싶어하는 욕망의 표현이다. 혹은 자신의 명성을 훔치려고 하는 존재에 대한 공포를 뜻한다.

돈

현실과 같다. 꿈에서도 돈과 권력은 연관성이 많다. 또 남자라면 정력이 강함을 상징한다. 특히 잔돈이 부족한 꿈을 꾼 사람은 심신이 허약하거나 작은 콤플렉스를 갖고 있는 사람이다.

시계

실패, 병, 죽음에 대한 공포를 의미한다.

세탁

범죄 행동이나 나쁜 생각을 깨끗하게 씻어버리고 싶은 마음을 뜻한다. 혹은 다른 사람의 죄와 연관된 자신의 입장을 뜻하기도 한다.

낙하

도덕적으로 추락하는 것을 두려워한다. 높은 지위나 직장에서 탈락하는 것을 두려워한다.

춤

섹스의 욕구를 상징한다. 주위에 사람이 없고 혼자서 춤을 추고 있을 땐 이기주의나 자기 과시욕을 뜻한다.

물에 빠진다

안전한 지위를 갈구하는 욕망의 표현이다.

찾기

꼭 해결해야 할 문제가 생겼음을 뜻하기도 하고, 친한 친구나 애인, 친척을 잃는 것을 두려워하는 불안감을 나타내기도 한다.

식사

사랑에 굶주린 사람이나 단조로운 생활에 허무함을 느끼는 사람이다.

눈물

꿈속에서 사람이 죽는 것을 보며 흘리는 눈물은 슬픔이 아니라 기쁨을 의미한다. 내면의 기쁨을 감추기 위해 겉으로 눈물을 흘리는 경우가 많기 때문이다.

당신 앞으로 'OO골프 회원권 안내'라는 다이렉트 메일이 왔다고 하자. 내용을 확인해 보니,

"한정 30명! 축하합니다. 많은 사람 중에 당신이 특별히 선택되었습니다."

이런 내용에 그 아래엔 회원권의 자산 가치와 그럴듯한 조건들이 명시되어 있고 입회 규정과 그에 따른 사항들이 적혀 있었다. 내용은 한마디로 엄격하다. 아무리 생각해도 자신은 자격이 되지 않는다는 생각이 드는데 '엄정한 심사 결과 당신이 후보에 선정되었습니다'고 한다.

그러나 한정 응모라서 마감 일자가 넉넉하지 않다. 서둘러서 결론을 내지 않으면 안 된다. 회원권은 900만 엔인데 우선 계약금조로 50만 엔만 있으면 OK다. 골프를 시작한 지 2년, 이제 슬슬 회원권을 준비하려고 생각했던 당신이라면 이런 경우 어떻게 할 것인가?

이런 경우에 대부분의 사람은 흔히 있는 세일즈의 수법이라고 생각하겠지만 실제로 이런 편지를 받아본 사람이라면 그 수법에 넘어갈 수도 있다.

　중산층 의식이 만연하고 있는 일본인에게 있어서 '엄정한 심사 결과 당신이 후보에 선정되었습니다'라고 하는 말은 마음을 움직이는 데 상당한 효과를 발휘한다. 그 시점에서 자존심이 설레이며 '나는 내가 생각하고 있는 것보다 훨씬 더 레벨이 높은 건 아닐까' 하는 황홀한 기분까지도 맛볼 수 있는 것이다.

　이것을 심리학에서는 하이레벨의 영광에 속한다고 하는 의미로 영광욕(榮光欲)이라 한다.

　그렇게 되면 영광욕에 의해 점점 자존심이 커져서 자칫하면 허영에 들뜬 사람이 되고 만다. 그동안 저축해 둔 돈을 간단하게 털어서 회원권을 사기 위해 계약금으로 지불한다. 여기까지가 업자가 의도하는 바이다. 만일 이것이 사기라고 해도 당사자를 자제시킬 수 있는 사람은 아무도 없다. 이러한 도식(圖式)이 사기에 걸려드는 패턴으로 점점 이 세상은 사기에 의한 피해가 늘어만 가고 있다.

　이런 저런 사기 사건이 횡행해 사회를 떠들썩하게 하고, 그로 인해 많은 사람이 길바닥에 나앉게 되었음에도 불구하고 같은 수법의 사기극에 걸려드는 사람은 여전히 존재한다.

최근 화제가 되고 있는 것 중에 출장 호스트 사기(여성과 교제하는 것만으로 고수입이 보장된다고 선전하며 젊은 남자들에게 입회금과 보증금을 받아 챙기는 수법), 마르치 상법(회원을 권유하며 물건을 사게 한 뒤 본인이 자(子) 회원, 손(孫) 회원을 끌어들이면 그에 따라 이익금을 배당해 준다고 하는 수법), 영감상법(靈感商法 : 먼저 생각하지도 못했던 불행한 일들을 예로 들며 '당신 곧 죽게 될 상이야. 이 인감(印鑑)과 단지를 사지 않으면 반드시 급사할 거야' 하며 겁을 주는 수법. 심한 경우엔 전 재산을 빼앗기도 한다) 등등 실로 여러 가지 수법이 등장해 사회의 심각한 사안으로 대두되고 있다.

결론부터 말하자면 사람은 허영과 욕심을 버리지 못하는 동물이기에 그 허점을 이용당하는 것이다. 돈 욕심, 건강 욕심, 장수 욕심, 이성에게 잘 보이기 위해 부리는 허세 등 사람이 살고 있는 동안에는 이런 허영과 욕심을 버리는 것은 불가능하다.

이런 이야기가 있다. 어느 TV 제작 회사에 근무하던 카메라맨이 프리랜서로 전환했다. 그때까지의 월급은 그다지 많은 액수가 아니었다. 자동차는 국산 소형차에, 집은 변두리의 허름한 소형 아파트였다.

그런데 프리랜서로 전환한 뒤 수입이 좋아져서 자동차는 어느새 외제 대형차로 바꾸고 큰 평수의 아파트로 이사도 했다. 어느 날 TV 관계 자가 모이는 파티에 참석하게 되었다. 그의 바로 옆에 있던 여자와 눈이 맞아 드라이브 약속까지도 하게 되었다. 갑자기 여자들이 그의 주위에 몰려들어 그의 인기를 실감하게 했다. 보통 그런 경우 기분이 좋아지는 것이 당연한 일인데도 그는 왠지 썩 내키는 기분이 아니었다.

'국산차를 타고 소형 아파트에 살던 예전의 나와 외제차를 타고 대형 아파트에 사는 지금의 나는 같은 인격체이다. 그런데 외제차를 타고 다닌다는 것만으로 여자들에게 호감을 산다면 결국 나의 매력 때문이 아니라 돈의 매력 때문 아닌가?'

세상엔 돈을 목적으로 하는 결혼도 많다. 이것 역시도 엄연한 현실이기에 받아들일 수밖에 없겠지만 그 반면 돈만으로는 채울 수 없는 현실이 있다는 것도 꼭 기억해 두자.

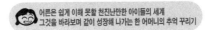

어른은 쉽게 이해 못할 천진난만한 아이들의 세계
그것을 바라보며 같이 성장해 나가는 한 어머니의 추억 꾸리기

어디서 요런 놈이!!

"할머니, 근데 똥꼬가 바지를 자꾸 뎃구 갈려구 해."

처음엔 이해를 못한 어머니.
재차 사정을 설명하는 녀석의 말에,
어머니는 뒤로 넘어갈 듯이 웃으며 말씀하신다.

"어, 똥꼬에 바지가 낀다구? 깔깔깔!
아니, 그놈의 똥꼬가 왜 지환이 바지를 자꾸 뎃구 간데냐.
아이고, 신문에 날 일이네."

이 땅의 모든 부모님들의 가슴을 훈훈하게
데워줄 한 편의 감동드라마

■ 똥꼬가 바지를 자꾸 뎃구 갈려구 해!
조숙영 지음 | 값 8,000원

알싸한 계절을 달래줄 가장 큰 선물 한 편

●동심을 통해 되까려지는 말 한마디 한마디는 어른들을 향한 깨달음의 화살이다.
  잊고 살았던 삶의 진리다. **-이상운(바로북닷컴 대표, 시인)**

●커가는 아이의 모습이 눈앞에 절로 그려진다.
  보는 내내 절로 웃음 짓게 하는 구김살없이 편한 글솜씨가 일품이다.
  그것이야말로 우리가 늘 보아왔던 우리 아이들의 흔적이 아닐까. **-김환철(소설가)**

●세상의 험난함 속에 여린 생명을 내놓는다는 두려움.
  그것을 넘어선 너그러운 기다림이 있기에 아이의 세상은 더 넓고
  자유로워진다. 평범하기 쉬운 가족의 이야기를 한편의 감동적인 동화로 만들고 있다. **-장윤정(방송작가)**

도서출판 **청어람** ● www.chungeoram.com ● TEL : 032-656-4452/54 ● FAX : 032-656-4453 ● Email : eoram99@chol.com

상대를 한눈에 꿰뚫는다!!
한눈에 알게 되는 그와 그녀의 속 · 사정(事情)!

■ 한눈에 상대방의 심리를 꿰뚫어 보는 법
캄바 와타루 지음 / 김진수 옮김 | 값 8,000원

궁금하지 않나요?
상대가 어떤 사람인지, 나를 어떻게 생각하는지.

알고 싶지 않나요?
자신의 행동이 타인에게 어떻게 비치는지.

바라지 않나요?
보다 예쁘게, 좀 더 멋지게, 한층 더 의미 있게,
상대에게 다가가기를.

사소한 말과 동작에 나타나는 상대의 복잡한 심리!
간단히 파악하고 절묘하게 이용하여 처세의 달인이 되자!

도서출판 **청어람** www.chungeoram.com ● TEL : 032-656-4452/54 ● FAX : 032-656-4453 ● Email : eoram99@chol.com

변혁과 혁신을 꾀하는 자만이
인생을 승리로 이끈다!
인생 역전의 첫번째 열쇠!

■ **나 자신을 뒤집어라**
장석주 • 김용배 • 박덕규 • 문흥술 지음 | 값 10,000원

장석주 • 김용배 • 박덕규 • 문흥술
특색있는 다 장르 작가이자 명망 높은 교수님 네 분이 만났다!

"이건 이래서 안 되고 저건 저래서 안 된다."
그건 핑계일 뿐이다!

그들은 말한다.

'내가 변해야 세상이 변하고 세상이 변해야 내가 행복해진다!'
스스로의 깨달음과 '**나**' 로부터 시작되는 사고의 발상 뒤집기!
새로운 방식의 대안을 제시하는 혁신적 • 실천적 자기 지침서!

도서출판 **청어람** www.chungeoram.com ● TEL : 032-656-4452/54 ● FAX : 032-656-4453 ● Email : eoram99@chol.com